Les secrets de Kerporzh

Aux éditions Publibook

À l'aube du soleil vert, 2003
La Fleur bleue, 2004
Attention ! Un train peut en cacher un autre, 2005
El Matador, 2005
De lettres en lettres… Année 1912, 2006
Journal personnel et intime d'une nouvelle Zingara, 2007
El Matador 2, 2013
La Citadelle des Dragons, 2014
Le journal de Lorelei, 2014
El Matador 3, 2015
De lettres en lettres… année 1925, 2015
La fleur de l'ombre, 2016

Éditions Indépendantes

Une histoire de coquelicot, 2017
La citadelle dans la montagne, 2017
Les carnets de Lou-Anne, la Louve, 2017
El Matador 4, 2018
Sans relâche, 2018
Les Citadelles T1 & 2, 2018
El Matador : l'intégrale, 2018
Les carnets de Lou-Anne, La Questrice, 2018
Le journal de Lorelei, 2019
Sans peur et sans reproche, 2019
Unis pour la vie, 2019
À l'aube du soleil vert, 2020
Les carnets de Lou-Anne, Vendetta, 2020
Un Ange dans ma vie, 2020
Le reflet du thé, 2020
37, 2021
Davaï, 2021

Livre audio You tube

Les années tempêtes

Recueils de nouvelles collectives

Gourmandises de Noël, 2017
Destinations inconnues, 2018
Au cœur des montagnes, 2019

Les secrets de Kerporzh

Isabelle Morot-Sir

Chapitre 1

*"Le monde aurait pu être simple
comme le ciel et la mer."*
André Malraux

Le voilier, avec une douceur caressante, s'aligne le long du quai. Un marin en descend, posant un pied ferme sur le ponton en bois gris. Il porte un blouson usé, délavé par le temps, le sel et la mer. Impossible de savoir quelle en était la couleur originelle.

Ses cheveux, grisonnants, affleurent d'à peine quelques millimètres tandis que son regard se porte avec une émotion qu'il ne cherche même pas à maîtriser, sur la chapelle, là-bas, située au centre du village. On aperçoit sa toiture d'ardoise, surmontée d'un clocher, court, presque trapu qui a affronté tant de tempêtes.

L'homme retient un soupir alors qu'une voix, péremptoire, l'interpelle d'un « miaou » sonore et interrogatif.

Il se retourne, lançant d'un ton non moins affirmé :

— Reste-là ma grosse, je reviens !

Fouaillant du bout d'une queue touffue et peignée avec soin, le chat le suit d'un œil vert, translucide, tout en s'asseyant avec grâce dans une flaque d'un soleil hésitant. Là-haut, les

nuages se bousculent dans un ciel en perpétuel mouvement.

Il avance d'une démarche sûre, bien qu'imperceptiblement irrégulière. D'un geste il relève le col de son blouson, réprimant un frisson dû moins au froid qu'au chagrin qui l'inonde. Il contemple le village, amas serré de maisons en granite, frileusement blotties les unes contre les autres, des bouffées d'autrefois remontant de tréfonds oubliés, réminiscences nostalgiques d'un jadis enfui. Il note, sans le vouloir, les changements visibles et ceux plus subtils, évolution du temps qui passe. Il remarque du même coup, ce qui n'a pas bougé, continuité immuable, alors qu'il passe devant l'hôtel de la mer, qui semble exactement le même qu'il y a dix ans. Tout juste a-t-on repeint les volets dans un bleu plus vif.

Son cœur tressaille alors que les souvenirs affluent, malgré lui. Il se revoit sur la plage qui s'étend en contrebas, ramassant des crabes cachés sous les rochers, avec son frère et sa sœur. Il se rappelle ces seaux pleins qu'il ramenait avec fierté à sa grand-mère, afin qu'elle les cuisine pour les touristes venus passer des vacances calmes, mais non moins gourmandes.

Ces moments, innocents et heureux, le secouent, le prenant au dépourvu. Il ne pensait pas en revenant, que chaque pas aller l'étreindre de tant d'émotions. Il soupire à nouveau, allonge ses foulées dans un balancement qui dénonce à lui seul ce qu'il est : un marin resté trop longtemps en mer.

Ses pas résonnent sur les pavés inégaux des ruelles, ribines[1] tortueuses qui portent en échos

____

[1] Ribine masculin ou féminin (l'usage hésite) (Bretagne) Petite route ; chemin ; sentier.

lointains les rires de son enfance. Il n'a nul besoin de réfléchir, seulement de se laisser porter. En quelques minutes le voilà sur le parvis qui a vu passer tant d'histoires. Sans le regarder, il le connaît par cœur, il passe devant le calvaire en granite sombre, que le temps et les vents ont érodé et qui pourtant, se tient toujours droit, debout devant la chapelle. Cependant ce n'est pas lui qui a donné son nom à ce minuscule village accroché à ce bout de falaise, son nom remonte plus loin encore, à ces temps reculés des premiers peuplements, des premiers échanges maritimes : voici donc Kerporzh, le village au port.

En même temps que le marin, la pluie s'invite, froide, à la cérémonie qui se déroule là. Malgré les gouttes glacées qui tombent de plus en plus drues, le prêtre poursuit son homélie, sans s'interrompre, comme s'il ne sentait pas l'eau ruisseler dans son cou. Qu'importe ! Le service des vivants ne compte pas en cet instant. Seuls les morts ont le droit de s'inquiéter.

Relevant le col de son blouson éculé par les ans, le marin s'approche de sa démarche particulière, à la fois ferme et vacillante. En cette seconde elle semble chanceler davantage. Sur son passage, les gens s'écartent, alors qu'il garde les yeux fixés sur un seul point : le cercueil posé à côté de la fosse. Le cercueil en bois vernis sur lequel la pluie ne semble avoir nulle prise. Le cercueil où des fleurs blanches tremblotent sous l'assaut des gouttes.

Les parapluies fleurissent un à un, étendant leurs corolles noires, noires comme le ciel, noires comme l'humeur de l'instant. Un seul déchire ces ténèbres d'une fragrance d'un rouge éclatant, corolle ourlée d'un coquelicot qui s'étend au-dessus d'une jeune femme aux mèches claires.

Une fraction d'un temps à peine plus long que celui nécessaire à une goutte de cette pluie pour s'écraser sur les pavés de granite, il oublie pourquoi il est là, comme hypnotisé par ce pétale tendu sous l'ondée. Il ne voit plus que cette femme qui retient ses larmes, le visage balayé par les mèches éparses de ses cheveux. Les traits brouillés, empreints d'une tristesse qu'il ne comprend pas : qui est-elle ?

À l'écart de la foule agglutinée-là, un homme se tient debout, droit sous le froid, indifférent en apparence aux éléments qui coulent sur ses épaules. Il fixe le marin depuis un long moment déjà, sans que celui-ci ne l'ait vu ou remarqué. Sous son visage mangé par une barbe grise à la Crusoé, son regard est empli de tant de douleur qu'il semble impossible qu'un être humain puisse contenir autant de chagrin et de tristesse.

Il sait ce qu'éprouve le marin. Il voudrait le serrer dans ses bras, mais c'est hélas impossible. Tout ce qu'il peut faire, c'est être là pour elle. Piètre consolation.

Dans un instant flou d'un temps ralenti, il pense que le marin l'a aperçu. Il frémit, prêt à quoi ? Déguerpir ? Le prendre dans ses bras ? Lui dire tout ce qu'il ne lui a jamais avoué ? Il ne sait pas au juste. Mais non, son regard s'est seulement arrêté sur la femme au parapluie rouge. L'homme pousse un bref soupir à mi-chemin entre soulagement et déception.

Puis le marin reporte toute son attention sur ce pourquoi il est là : le cercueil qui contient tant de peine. Insensible au reste.

Les gens le regardent. Le fixent. Il est parti depuis dix ans.

Dix ans.

Et le revoilà. Revenu malgré lui. Malgré eux. Malgré la pluie qui s'insinue sous son col et le fait frissonner. Il avait cru quitter Kerporzh, laisser tout derrière lui, le bon et le reste. Il avait pensé abandonner le passé, fuir vers un avenir flou de tempêtes et d'embruns, mais il le comprend aujourd'hui dans un éclat de réalité qui le saisit, l'étouffant presque, qu'il est à jamais lié à cette terre, à ce bout de monde. Rien, même pas lui, ne pourra en couper les racines qui s'étendent, profondes sous cette lande battue de vent, de sel et d'orages. Il avait pensé pouvoir se défaire de Kerporzh, ne plus y revenir, mais il est là. Debout devant le cercueil, les habitants le dévisageant, cependant qu'un murmure frémit et parcourt la foule : il est là ! Il est revenu !

Il ne les voit pas ou ne leur accorde aucune importance. Il est comme seul face au cercueil, face à la mort. Il prend une longue goulée d'un air froid, chargé de tant d'odeurs reléguées, oubliées. L'odeur du temps, l'odeur des rires, des pleurs, des cris, des larmes, l'odeur de l'enfance et de la vie. Il carre ses épaules, redressant son corps solide qui en a tant vu. Larmes, pluie on ne sait ce qui s'écoule en cet instant sur son visage âpre, mangé par une barbe de plusieurs jours. Il fouille dans l'une de ses poches, en sort un objet qu'il pose sur le cercueil battu de pluie. Un coquillage aux reflets purs, simple Cypraea, simple porcelaine, ramassé sur une plage de Tahiti. Lorsqu'il l'avait aperçu, posé sur le sable, rejeté par l'océan, il avait pensé à elle. Sans même réfléchir, il s'était penché et l'avait mis dans la poche de son vieux short kaki, puis l'avait posé sur l'une des étagères du bord, surchargées de bouquins. Ce matin, offrande païenne, il lui amène à elle qui aimait tant la mer, à elle qui l'aimait tant lui…

Puis il se détourne. Refusant de voir qui est là. Qui est venu en ultime hommage à celle qui comptait plus que tout. Il ne veut pas savoir qui de sa famille est présent. Qui le suit du regard, réfrénant haine, reproches et mots plus coupant que des poignards. Il ne veut plus de tout ça ! Questions, haine et armes, il a déjà donné ! Il ne veut plus que le balancement des flots, plus que la tendresse de Natcha et l'oubli.

Il n'aurait pas dû revenir.

Pourtant il ne pouvait pas la laisser partir sans lui dire au revoir. Il ne pouvait pas…

Elle qui a été là pour lui, l'encourageant, le couvant d'un amour inconditionnel, même lorsqu'il la décevait, même lorsqu'il était cet ado râleur et inconstant.

Sitôt qu'il l'avait su, il avait mis cap sur la France, cap sur ce bout de caillou qui avait fait de lui ce qu'il était. La mort avait réussi là où la vie avait échoué : il était rentré.

Là où les larmes de sa mère n'avaient pas griffé sa carapace, sa mort l'avait transpercé. C'est injuste qu'il soit là aujourd'hui, lorsqu'il est trop tard. Trop tard pour lui dire combien il l'aimait. Il réfrène un soupir, un sanglot, il ne sait pas très bien, emporté malgré lui par un tumulte d'émotions. Aujourd'hui il est orphelin. Sa mère avec ses sourires tendres, ses gloussements joyeux de collégienne, ses mains usées d'avoir tant travaillé à les aimer, lui, son frère et sa sœur…Sa mère est enfermée sous ces planches vernies, réduite à ne plus être qu'un squelette sans rire, sans joie, sans vie.

D'un coup d'épaule il se détourne, emmenant sa peine, son cœur anéanti, loin des regards pleins de venins. Loin de sa famille, de cette

famille qui n'a jamais fait un pas vers lui, qui ne l'a toujours que jugé.

D'un pas lourd qui accentue l'irrégularité de sa démarche jusqu'à la claudication, il retourne vers le port. À bord du « Mickaël » il pourra s'effondrer. Il ouvrira la glacière, en sortira des bières qu'il engloutira jusqu'à s'assommer. Jusqu'à ne plus rien ressentir. Plus aucune douleur.

Oui, s'anesthésier à la bière semble un bon projet, dans l'immédiat !

Chapitre 2

*"Nous sommes au bord du gouffre, avançons
donc avec résolution."*
Sully Prudhomme

C'est Natcha qui le tire du sommeil lourd dans lequel il a sombré au milieu de la nuit, au milieu de sa détresse. Natcha l'embrasse, le couvant d'un œil si plein d'amour qu'elle parvient à lui tirer un sourire, malgré son cœur mort.

Il bâille, réalise qu'il s'est écroulé tout habillé sur la bannette et que Natcha s'est lovée contre lui, comme toujours. Il étend les bras, fait rouler ses épaules, puis se lève, retenant un grincement. Sa tête est lourde, toute sa bouche pâteuse, mais le pire c'est bien son cœur brisé. Restée dans la bannette, encore chaude de son corps, Natcha le contemple, une lueur réprobatrice dans le regard. Elle déteste lorsqu'il boit, sans doute comme toutes les filles !

Il lui retourne un coup d'œil, lançant dans un grognement :

— Eh, c'est bon, tu n'es pas ma femme ou ma conscience !

Sans attendre de réponse, il enlève son teeshirt, son jean et se glisse sous la douche. Peut-être que l'eau brûlante emportera tout avec elle ? Sa peine, sa détresse, sa solitude…

Cependant, ce qu'il éprouve requiert plus que du gel douche pour disparaître ! Il ressort de là, le cœur tout autant meurtri, mais le corps un peu plus alerte, ce qui est déjà ça. Il attrape un teeshirt propre, enfile un jean, et pieds nus sur le parquet doux, pénètre dans le carré. Natcha s'est déjà installée sur l'une des banquettes, attendant qu'il prépare comme chaque matin, le petit déjeuner. Il lance un café, lui jette un demi-sourire, auquel elle ne répond que d'un regard peu amène. Non seulement il a trop bu, ce qu'elle déteste, mais qui plus est, il est en retard pour le repas qu'elle juge comme le plus important de la journée ! Quels crimes !

Il réprime un rire, pose devant elle une assiette bien garnie, espérant lui rendre sa bonne humeur. Il sait qu'il ne rentrera pas dans ses grâces à si bon compte, mais ça il n'y peut pas grand-chose ! Alors qu'il sirote son café dans un silence à peine troublé par le clapotis de l'eau contre la coque et l'imperceptible bruissement des haubans, un toc toc, le tire de ses pensées. Qui le dérange à cette heure-ci ? Déjà contrarié il relève la tête, apercevant son visiteur matinal. Il croise son œil rond, noir, empli de gaité et de gourmandise. Ce n'est que Serge dont l'estomac sans fond l'a prévenu que le petit déj' était servi ! Il ouvre la porte, un énorme goéland s'élance d'un bond sur la table. Ses larges pieds palmés se posent sur le bois dans un bruit presque caoutchouteux. Il lorgne sur l'assiette de Natcha qui déguste à petites bouchées précieuses. Elle lui retourne un coup d'œil assassin, et il se le tient pour dit.

— Eh c'est bon tous les deux ! Pas de dispute ce matin ! Et arrête de faire la gueule Natcha !

Natcha lui renvoie un regard dans lequel se lit qu'elle fait la gueule si elle veut et le temps qu'elle l'aura décidé ! Il hausse une épaule, préférant l'ignorer. D'un placard il sort un quignon de pain, une boite de pâté Hénaff et entreprend d'en faire deux belles tartines : une pour lui, une pour le goéland.

Serge n'a perdu aucun de ses gestes de ses petits yeux pétillants, aussi lorsqu'il lui tend la tranche de pain abondamment garnie, la saisit-il de son bec solide avec une joyeuse excitation. Puis il part déguster son trophée dans le cockpit. On peut être certain qu'il n'en laissera pas une miette et encore moins aux autres oiseaux !

L'estomac plein, le marin s'étire, faisant rouler ses dorsaux, secouant son corps lourd de trop d'alcool et de chagrins. Sans même réfléchir, il enfile une paire de baskets, attrape son blouson et saute sur le ponton. Serge se désintéresse de ses agissements, pendant que Natcha le suit de son regard vert.

Ses pas résonnent sur les planches humides, l'entraînant sans qu'il le veuille ou le réalise vers le centre du village. Vers ces ruelles confuses, si étroites qu'en étendant les bras il pourrait effleurer les façades des modestes maisons de pêcheurs érigées là. Il hâte le pas, le cœur battant comme avant lorsqu'il rentrait de la plage ou d'une virée à vélo avec ses potes, lors de ces vacances qui le comblaient. Elle l'attendait, buvant un café noir dans la tasse qu'il lui avait offerte « la meilleure maman du monde », sa préférée. Elle profitait de ces journées calmes pour faire ce qu'il lui était impossible le restant de l'année : bouquiner à l'ombre du rhododendron géant et apprécier le temps qui coule.

Il débouche devant la maison, celle de ces vacances heureuses, celle des dernières années de sa mère, lorsque veuve et retraitée elle avait décidé de laisser la ville, quitter Brest et revenir vivre chez elle, dans le nid douillet du village de son enfance.

La maison n'a pas bougé, comme figée dans un temps immuable. La même façade en pierre grise, battue par tant de tempêtes, effleurée par tant d'étés aussi. Les volets sont toujours bleus et seul le rosier grimpant a changé : le voilà qui court à présent autour de l'encadrement des fenêtres après avoir englobé celui de la porte. Quelques ultimes roses blanches, vestiges de la belle saison, répandent encore la tendresse de leur parfum dans la rue. Il s'avance, boitant plus que de raison, le cœur battant d'une espérance qui n'a pas lieu d'être. Il le sait, et pourtant... Il grimpe le court perron, à peine deux marches en pierre, d'une main il pousse la porte. Il s'attend à tout, à rien. À ce qu'elle ouvre et soit là, sa tasse fumante à la main, l'accueillant d'un sourire, écoutant ses aventures, prête à soigner ses bobos. Il s'attend à ce que le battant soit fermé, clos à jamais sur ce passé qu'elle a emporté avec elle, hier dans le cimetière. Pourtant, lorsqu'il pose sa main sur la clenche, la porte ne résiste pas. Elle libère le passage dans un simple mouvement, dans un simple souffle. La maison est cependant vide. Froide. Il balaye du regard le modeste intérieur, les meubles qu'il connaît par cœur semblent déjà abandonnés. Comme lui. Par la porte-fenêtre qui donne sur l'arrière, il aperçoit le jardin et plus loin encore le port et à l'horizon, l'océan. La terrasse a déjà accumulé quelques paquets de feuilles mortes, ramenées par les vents.

« En quelques jours, à peine, les lieux sont désolés, vides. Il en faut si peu pour que notre présence dans ce monde soit oubliée », songe-t-il, le cœur empli d'un froid tel, qu'il frissonne.

Il voudrait qu'elle sorte de la cuisine, qu'elle le prenne dans ses bras en lui disant que tout va bien, l'appelant « mon grumeau » surnom doux de son enfance, qu'il détestait autant qu'il y tient aujourd'hui.

Pourtant, comment cela se pourrait-il alors qu'elle est à présent enfermée dans cette boite vernie, là-bas derrière la chapelle ? Dans un crissement imperceptible, la porte vitrée de la cuisine se rabat. Il frémit, plein d'un espoir irréaliste. Pourtant ce n'est pas sa mère qui se tient là, un sourire illuminant son visage et se répercutant dans ses yeux clairs. Non. C'est une femme inconnue. Il tressaute. Son corps se tend, ses réflexes reviennent. Qui est-elle ? Pourquoi est-elle là ?

— Que faites-vous ici ? Grogne-t-il d'un ton âpre, les sourcils froncés au-dessus de son regard d'un bleu translucide.

La jeune femme frémit, à peine surprise, à peine troublée. Elle lui retourne un sourire qui soudain illumine la pièce et en chasse la désolation.

— Je suis Esperanza. Bonjour Yffic.

Chapitre 3

"Tout raisonnement sur l'amour le détruit."
Léon Tolstoï

Il se redresse, tendant ses épaules, larges, musclées par bien des années d'entraînements.

— On se connaît ? Lâche-t-il d'un ton mordant, tout en examinant sa vis-à-vis.

Malgré le ton, son sourire demeure, se reflétant dans ses yeux noirs. Des yeux de gitane aurait sans aucun doute dit sa mère ! Il l'englobe d'un coup d'œil scrutateur. Une fraction de seconde lui suffit pour en noter bien des détails. Il se rend compte qu'elle n'est pas si jeune qu'il y paraît au premier abord. De fines ridules s'étirent autour de ses yeux, se creusant lorsqu'elle doit rire et sans aucun doute, doit-elle souvent rire. Des marques d'un heureux caractère. C'est sa mince silhouette, juvénile, presque adolescente, qui l'a trompé : elle n'est pas une jeune fille ! Du moins plus depuis longtemps !

Qui est-elle ? Comment connaît-elle son prénom ?

Soudain ses pensées s'assemblent, malgré l'alcool bu la veille, malgré dix ans d'inactivité, ses réflexes fonctionnent encore. Il a toujours été physionomiste et son métier avait encore affuté cette qualité. Il n'oublie jamais un visage.

« Le parapluie rouge. La fille au parapluie rouge ! C'est elle ! » Réalise-t-il avec perplexité.

— Vous étiez au cimetière, hier…, affirme-t-il d'un ton sec, presque cassant.

Elle hoche la tête, animant du même coup les mèches échappées d'une hâtive queue de cheval. Des mèches qui apportent l'éclat d'un soleil lointain, là dans le salon endeuillé.

— Oui ! Je suis la voisine de Marie. Je sais que ma présence doit vous surprendre, mais c'est votre frère et votre sœur qui m'ont demandé de trier les affaires de votre maman…

Il perçoit le frémissement imperceptible d'un accent, qui confère aux mots un frisson débordant du soleil brûlant de l'Andalousie. C'est bien une gitane !

Il ne dit rien, enregistrant les informations qu'elle lui donne, sans cesser de la fixer.

— Je suppose que vous êtes là pour ça aussi… Peut-être pensiez-vous les voir, mais ils sont déjà repartis. Ils bossaient aujourd'hui, d'après ce qu'ils m'ont dit tous les deux.

Son silence la met mal à l'aise. Gênée, déstabilisée, elle poursuit, plus volubile qu'elle ne le souhaiterait.

— Vous pouvez me dire ce que vous voulez conserver et je vous le mettrai de côté. C'est ce qu'ils ont fait. Ce n'est pas un souci, j'aimais énormément Marie, je peux faire ça pour elle !

— Ce n'est pas votre tâche, gronde-t-il soudain.

— Ça ne me dérange pas vous savez… J'habite tout à côté.

— Ce n'est pas la question !

Elle le dévisage, comprenant ce qu'il sous-entend. Elle perçoit le mur qu'il a érigé entre lui et le monde extérieur, mais plus encore, elle sent toute l'intensité d'émotions vives qui ne demandent qu'à jaillir et qu'il contraint au silence. Elle ressent sa douceur derrière ses barrières. Cette douceur dont lui parlait Marie avec une tendresse qui embuait ses yeux : c'était l'enfant le plus sensible au monde, chuchotait-elle d'une voix étranglée.

À présent la voilà face à cet homme, loin de l'enfant qu'il était, loin de ce gamin qu'elle a vu à de nombreuses reprises sur des photos jaunies, trésor de Marie.

La différence la saisit, lui coupant presque le souffle.

Alors elle se tait et le fixe.

Ils se jaugent quelques secondes qui s'étirent, gouttes de temps qui se frôlent et se télescopent, avant qu'il finisse par répéter d'un ton à peine plus amène.

— Ce n'est pas à vous qu'incombe cette corvée ! Ce n'est pas ce que ma mère aurait voulu ! Sûrement pas !

Elle hausse une épaule, dans un geste dérisoire.

— Il faut bien que quelqu'un s'en charge. Et puis Marie a été si gentille avec moi, je lui dois bien ça !

Il retient un soupir énervé. Après tout ce n'est pas sa faute à elle ! Il n'est pas nécessaire qu'il lui fasse payer la brouille qui s'étend depuis des années entre lui et son frère et sa sœur. Il ne se sont jamais réellement entendu. Trop d'écarts entre eux ? Il ne sait pas !

Lorsqu'il était triste d'être exclu des jeux de ses aînés, son père, quand il était là, le prenait dans ses bras et murmurait à son oreille :

— Ne t'en fais pas ! On va profiter de la marée basse, juste tous les deux ! Laisse-les donc à leurs p'tites affaires, nous on doit aller ramasser des crabes !

Il se souvient de ces paroles comme si c'était hier. Il glissait alors sa menotte dans la large main de l'officier et fier comme un pape, partait avec lui pour quelques aventures qui lui faisaient oublier combien sa naissance avait été mal acceptée par les deux autres enfants de la famille. Qu'importe, son père était là et quelque part cela lui suffisait. Sa mère, qui l'aimait tant, ne disait rien. Elle se contentait de les regarder, les lèvres serrées, les larmes aux yeux.

Il était parti pour oublier. Pour tout abandonner derrière lui. Pour trouver, peut-être aussi, une certaine rédemption et pourquoi pas la paix. Il n'a pas trouvé la paix, pourtant lorsqu'il est seul sur l'océan, il éprouve une sorte d'apaisement. Un détachement qui lui fait accepter le passé, tout son passé. C'est au milieu des éléments qu'il se sent le mieux. Lorsque les vagues grises malmènent le « Mickaël », quand les rafales secouent les mâts, s'engouffrent dans les voiles et soudain changent le voilier en oiseau et semblent le faire voler. Là, il parvient à une sorte de calme intérieur. Soudain il peut respirer, malgré les embruns qui fouettent son visage, malgré le vent ou grâce à lui...

Toutefois ce matin il est debout dans le salon de sa mère, dans cette maison qui a bercé son enfance. Ce retour à terre a balayé toutes les promesses d'oubli portées par l'océan. Le passé est là, omniprésent. Il n'a pas d'autre choix que de

faire face. Il pourrait bien sûr, tourner les talons, laisser cette femme se débrouiller avec toute cette merde et retrouver la sérénité du grand large. Il ne peut pourtant pas agir comme ça ! Il est beaucoup de qualificatifs, pas tous glorieux, il le sait, mais il est tout sauf un lâche.

Alors, dans un frisson, il lance d'un ton sec. Son ton de commandement.

— Je vais m'en charger.

Elle le dévisage, surprise.

— Euh… oui évidemment…, même si pour elle, ça semble tout sauf une évidence !

Puis elle ajoute, d'une voix hésitante :

— Peut-être puis-je vous aider. À deux ça ira plus vite…

Chapitre 4

"Le bonheur est une femme."
Friedrich Nietzsche

Il la considère d'un regard qu'elle ne sait déchiffrer. Il n'est pas si grand, cependant il en impose. Elle est impressionnée, malgré elle. Déstabilisée par cet homme, cet inconnu qui n'en est pas un et qui vient bousculer sa peine. Elle se reprend. Après tout, elle est beaucoup trop vieille pour être ainsi ébranlée. Elle se traite mentalement d'idiote, avant de soutenir son regard en affirmant :

— J'avais débuté par la cuisine, je vais continuer. J'organise tout pour des œuvres caritatives, puisque ni Laurent ni Agnès ne veulent quoi que ce soit.

Elle le voit tressaillir à ces mots.

Il la dévisage alors que l'image du service à thé de sa grand-mère émerge depuis son inconscient. Il revoit le soin avec lequel sa mère s'en occupait et une boule se forme dans sa gorge. Le service de grand-mère Jeanne, celui sorti pour les grandes occasions, celui avec ces petites fleurs, des roses peut-être qui en ornaient tasses et sous-tasses. C'est vieux, sans doute kitsch et pourtant c'est une part de son enfance, de ce qu'il est, qui est contenu dans ces fragiles porcelaines. Il retient un soupire excédé. Il n'a pas de place sur le « Mickaël » pour sauver le moindre objet, reliquat de temps enfuis.

Il retient un juron, maudit la froideur de son frère et de sa sœur, mais se contente de hocher la tête.

— Je vais m'occuper du salon dans ce cas.

Son ton est sec, presque dur, ne reflétant pas les émotions qui l'agitent ou les laissant trop bien transparaître pour un œil incisif, qui sait ?! Espéranza ne prononce pas un mot. Elle se contente de le dévisager, une fraction de seconde, avant de retourner fourgonner dans les placards et remplir des cartons. Elle emporte l'image de son visage rude, qui reflète tant de désillusions, tant de tristesses et de colères, que ses doigts la picotent. Instantanément elle a envie de courir chez elle, bondir dans son atelier et attraper un pinceau. Elle voudrait saisir l'expression fugace de ses yeux, le tumulte d'émotions qui bouillonne et se reflète dans son regard. Elle n'a toutefois pas le loisir de toujours écouter la voix de la créativité ! Elle ne peut qu'essayer de conserver cette image dans un coin de sa tête, même si elle sait que c'est presque vain. L'impression saisissante va s'évanouir. Elle aurait dû le croquer dans l'immédiateté de l'instant.

Tant pis.

Elle essaie de se concentrer sur la tâche à accomplir, ce qui la renvoie à Marie. Elle pose le mug qu'elle tient dans la main, revoit Marie boire son café avec. Son cœur se serre. Marie si alerte, si gaie, si vivante et maintenant… Des larmes brouillent soudain sa vue. Marie qui n'a pas revu son fils. C'est si injuste !

Un frisson la saisit, dû moins au froid qu'à son chagrin. Pourquoi n'est-il pas revenu ? Pourquoi seulement aujourd'hui, lorsqu'il est trop tard ? Elle ne sait rien de leurs affaires de famille, mais elle connaît assez la nature humaine pour comprendre que sous le vernis de chaque famille se cache des craquelures, des secrets, des non-dits qui sont autant de poisons. Après tout, n'est-elle pas elle-même venue ici, dans ce village du bout du monde, pour en savoir plus sur sa propre histoire ?

Tout de même, il est parti dix ans. Dix ans pour une mère, autant dire une éternité. Elle imagine si l'un ou l'autre de ses enfants, ceux qu'elle considère toujours comme ses bébés malgré leurs âges, agissaient de cette manière. C'est beaucoup trop violent. Un sanglot lui tord le ventre, dans un hoquet glacé. Comme Marie a dû souffrir !

Une vague de compassion la submerge. Elle place la tasse de côté. Celle-là, elle va la sauver : elle viendra avec elle et lui apportera le souvenir de la vieille dame. Elle tend l'oreille. N'entend aucun bruit. Est-il parti ? S'est-il enfui, poursuivi par trop de fantômes ?

Elle pousse subrepticement la porte qui s'est rabattue. Elle jette un coup d'œil. Le salon semble vide, puis elle accroche une ombre, assise dans l'angle du canapé. Il se tient penché, toute son attention fixée sur l'album posé sur ses genoux. Une pile est érigée à côté de lui. Sans bruit, elle s'avance, assoie une fesse sur l'accoudoir en velours. Hésite à effleurer son épaule dans un geste d'empathie. Elle se contente de murmurer :

— Marie aimait beaucoup les regarder, elle aussi.

Il ne sursaute pas. Tout autre aurait été surpris, mais il semble qu'il soit immunisé. Il se contente de lui retourner un regard où rires et larmes reflètent le passé.

— Je sais…

Son désespoir est si vif, qu'il la pétrifie une fraction de seconde. Elle parvient cependant à bafouiller :

— Oh c'est celui de vos vacances en Savoie ! Elle l'adorait !

Un sourire fugitif tremble dans ses yeux bruns, alors qu'il murmure :

— Elle ne m'avait trouvé qu'une combi de ski jaune poussin, qu'est-ce que Laurent et Agnès s'étaient moqués de moi ! J'étais furieux ! Et pourtant quelles belles journées on a passées…

— C'est vrai que vous faites bien la gueule sur certaines photos, ose-t-elle remarquer dans une tentative d'alléger l'atmosphère.

À sa propre surprise, un sourire plus large étire ses lèvres, illuminant soudain son visage qui ne paraît plus si dur. Ses traits s'adoucissent lorsqu'il répond :

— J'avais un caractère de cochon, je l'ai toujours, en fait !

Une fraction de seconde leurs regards s'accrochent. Un même sourire se peint sur leurs visages, en un accord si saisissant qu'ils restent interloqués. Le premier il se reprend, fermant l'album d'un geste sec, associé à un « On a du boulot… ». Cela sonne comme une fin de non-recevoir, cependant Espéranza ne l'appréhende pas de cette façon, Elle perçoit les battements de son cœur, tels des ondes propagées par l'eau. Elle a toujours senti les émotions des autres, leurs plus intimes frémissements, toutefois avec cet

homme, ce marin aux mains rudes et au regard âpre, le phénomène est amplifié à un point tel qu'elle en vient à effleurer d'une main sa poitrine, cherchant à dompter son propre rythme cardiaque qui semble vouloir s'accorder au sien.

Elle se redresse, lui sourit avec une douceur aux antipodes de sa rudesse. Cela fait longtemps que personne ne lui a retourné tant de gentillesse, malgré le ton abrupt et le claquement de l'album trop vite refermé dans un éternuement de poussière. Pour elle, il est tout au contraire le premier frisson d'une ouverture. Déstabilisé, il pose l'album dans un carton. Pourquoi fait-elle ça ? Que lui veut-elle ? N'a-t-elle pas vu ce qu'il était ?! Un vieux marin, usé par le temps, le service et les ordres, cassé et aigri.

Espéranza le fixe tandis que son sourire s'élargit, sautant de ses lèvres à ses yeux et l'entourant dans un halo délicat. D'une voix chaude d'un soleil omniprésent, elle chuchote :

— Ne vous rabaissez pas ! Vous êtes bien loin de celui que vous voulez montrer.

Il maîtrise un sursaut, reste figé, à croire qu'il n'a pas entendu les mots qui viennent de ricocher dans le salon endeuillé. Comment peut-elle savoir ? Seule Marie, sa mère, parvenait à lire en lui, à déchiffrer son âme. Personne d'autre, pas même Nathalie, n'a réussi à passer le bouclier qu'il s'est forgé, à voir outre l'image qu'il donne. Et elle, cette inconnue débarquée d'on ne sait quel coin d'Espagne, voilà qu'elle lirait en lui comme en un livre ouvert ! N'importe quoi !

Il lui retourne un coup d'œil cinglant, qui ne la déstabilise même pas. Elle se contente d'affirmer, de ce timbre brûlant qui illumine la pièce triste.

— Je retourne emballer la cuisine. Vous voulez un café ? J'ai un peu froid et le cœur accablé, j'ai besoin de quelque chose de chaud. Pas vous ?

Vaincu par sa joie de vivre, il approuve d'un vague hochement de tête. Puis il se détourne, ne lui offrant que la dureté de son dos, dont les épaules tendent un polo délavé, peut-être était-il bleu dans d'autres temps. Sans se formaliser de son attitude, elle disparaît dans la cuisine, emportant avec elle les rayons de soleil qui semblent la suivre où qu'elle soit.

Une fois la porte refermée, il pousse un bref soupir, passe une main sur son crâne aux cheveux poivre et sel. Un instant il voudrait tout envoyer au diable. Il se voit déjà claquer la porte et s'enfuir vers le port, larguer les amarres pour ne plus revenir. Ce serait si facile. L'éclat rouge d'une fleur qui chute dans un lent frisson, attire son regard, écartant ses idées de fuite. D'un geste machinal, il pousse le battant de la baie vitrée et s'avance sur la terrasse qui surplombe de deux marches, une courte pelouse. Une bourrasque anodine vient soudain effleurer le majestueux rhododendron qui ombre la modeste maison de pêcheur, bousculant ses fleurs pourpres. Un tourbillon d'une pluie de pétales s'amasse à ses pieds dans une accumulation rouge sang. Il retient une larme, venue depuis son cœur. Jamais sa mère n'aurait laissé sa terrasse être ainsi envahie ! Comme on est peu de chose, songe-t-il avec un chagrin prégnant, qui n'a rien à voir avec les fleurs qui s'enroulent à ses pieds.

À peine quelques jours que Marie a laissé sa maison, et la voilà déjà abandonnée…

Lorsque Espéranza revient, portant deux tasses et une cafetière fumante, elle l'aperçoit debout, dehors, sa silhouette se découpant dans la clarté du matin. Elle le rejoint, posant le plateau qu'elle tient, sur une table en fer forgée, parsemée de fleurs de rhododendron. Une brume de fumée entoure le fils de Marie. D'un geste sec, il écrase son mégot sous son talon, entendant presque sa mère lui crier :

— Yffic, non d'un cachalot obèse, y a des cendriers pour ça !

Cette pensée lui met un semblant de baume au cœur, réveillant un fugitif instant une normalité qui ne reviendra plus.

— Du sucre dans votre café ?

Il se retourne, et sans pouvoir s'en empêcher, il renvoie un sourire bref à la jeune femme, qui l'interpelle.

— Pas de sucre, merci.

Sans un mot, elle lui tend une tasse. Ses doigts se referment dessus, alors que l'arôme, chaud, rassurant du café le réconforte sans même qu'il s'y attende. Il en boit une gorgée qui lui brûle la gorge. C'est fort, c'est bon, c'est exactement ce dont il avait besoin. La jeune femme s'est mussée sur une chaise, repoussant d'une main les fleurs abandonnées. Elle regarde le jardin, et au-delà du muret qui l'entoure, la baie qui promet l'océan. Elle sirote son café, sans mot dire.

Il en profite pour la dévisager, presque à son insu. Elle a entouré ses jambes d'un bras, et la

voilà comme perchée sur la chaise dont la peinture blanche s'écaille Elle porte un jean trop grand, retroussé aux chevilles. Ses cheveux, ramassés en une vague queue de cheval, s'égarent sur ses épaules comme autant d'éclats de soleil. Des taches de couleurs s'étalent sur son jean, sur ses doigts, serrés autour de la tasse. Bracelets et bagues en argent cliquettent au moindre de ses mouvements, concerto improvisé de grelots. Une infime goutte d'or s'est posée sur sa tempe. Il la fixe sans pouvoir s'en empêcher. Il aimerait l'effacer d'un doigt, mais il ne fait aucun geste. Des rides, minuscules, s'étirent et plissent le coin de ses yeux noirs, de ses yeux de gitane. Qui est-elle avec sa silhouette d'adolescente ? Et ces taches dérisoires de peinture, d'où viennent-elles ? Pourquoi est-elle ici, dans ce village du bout du monde ?

Les questions se bousculent, se télescopent, mais il ne lui en pose aucune. Il préfère savourer l'instant. Il apprendra assez tôt, assez vite, de sa bouche ou d'autres, qui elle est. Pour le moment il se contente d'apprécier l'amertume du café noir, le vent qui joue dans les mèches d'Espéranza et cet apaisement qui, pour une seconde ou deux, étreint son âme.

La sérénité, ce n'est ni un mot ni un état qui lui est coutumier ! Ce matin, voilà que contre toute attente, une onde d'une quiétude inconnue, l'enveloppe, l'autorisant à souffler, à ne plus s'arc-bouter. Songer à sa mère n'est plus si terrifiant. Soudain il sent sa présence dans le vent, dans les fleurs qui dodelinent, dans la pelouse exubérante. Elle n'est plus là, mais elle est partout et tout à coup ce n'est plus si triste.

Chapitre 5

*"Un peintre c'est quelqu'un qui essuie la vitre
entre le monde et nous avec de la lumière, avec
un chiffon de lumière imbibé de silence."*
Christian Bobin

Elle pose sa tasse à demi pleine sur la table, dans une habitude qu'elle a prise au cours de ces derniers mois, lorsque discutant du passé avec Marie, elles buvaient l'une et l'autre café sur café tout en grignotant un biscuit sablé, dont cette dernière avait le secret. Espéranza songe que cette recette est désormais perdue : qui fera à présent ces biscuits fondant de beurre ?

C'est un détail, insignifiant, mais il lui serre le cœur et l'attriste un peu plus. Sans doute lui fait-il réaliser, de manière presque crue, l'absence définitive de sa vieille amie. Elle relève la tête et croise le regard d'Yffic. Elle y perçoit une telle assurance, une telle paix, qu'elle sent la tristesse glisser et qu'une vague de douceur l'entoure, la berce, la rassure. Elle lui retourne un sourire et soudain cet homme, cet inconnu dont elle sait ou croit connaître la moindre anecdote, ne lui est plus si étranger. Leurs regards se prennent, dans un échange d'âme. Il frissonne, malgré la tiédeur matinale et le soleil qui illumine la côte. Les cris stridents de quelques goélands déchirent l'air, sans même qu'ils y prêtent la moindre attention.

Sans doute n'ont-ils même pas entendu la dispute.

Un ange passe.

Enfin il doute que ça en soit un ! Les anges ont cessé de suivre ses pas depuis bien longtemps. Il termine son café d'une gorgée, pose la tasse et jette d'un ton brusque, qui cache mal ses émotions :

— Nous devrions continuer…

Elle hoche la tête, soudain timide, soudain troublée. D'une main tachée de peinture, elle rafle les tasses et file dans la maison, abandonnant derrière elle des fragrances florales mêlés à celle, tenace, de la térébenthine, arôme qui la poursuit où qu'elle aille.

La matinée s'écoule vite, très vite, trop vite peut-être. Il voudrait prendre le temps de contempler chaque objet, tous lui parlent de Marie. Hélas il n'a même pas une seconde pour ça. La maison est en vente, Espéranza le lui a appris d'un ton désolé, entre deux cartons.

Pourquoi vendre ce havre de paix, chargé de tant de souvenirs ?!

Il l'ignore, son frère et sa sœur, comme toujours, ont décidé pour eux, sans même prendre le temps de le consulter, comme s'il n'existait pas. Une rage, grossie par tant de motifs anciens, tant de raisons passées, l'oppresse, lui serrant les mâchoires sur une colère qui bouillonne depuis longtemps. Il ne dit plus un mot, se contentant d'enfourner mécaniquement livres et vases dans des cartons qui iront se perdre il ignore où.

Il songe à Natcha qui l'attend assise sur le ponton et doit se demander où il est. Il pense à ces journées de vagues et d'embruns, où seul,

libre, il décide de sa route. Là, dans cette maison qui n'est déjà plus celle de Marie, il étouffe. Pourquoi devrait-il régler des décisions prises par ses aînés ? Une envie presque irrépressible s'empare de lui : filer vers le port et déguerpir vers le large. Abandonner cartons, poussières et souvenirs pour retrouver la force des vagues, celle qui fait vibrer le « Mickaël » de toute sa coque, celle qui gonfle les voiles et l'emporte loin des hommes. À l'instant où il s'apprête à céder à cette impulsion, Espéranza pose un carton dans l'entrée. Il croise son regard, perçoit sa fatigue, sa tristesse, son désarroi. Toute envie de fuite l'abandonne aussitôt.

Il se redresse en grinçant, son corps douloureux lui rappelant qu'il l'a beaucoup trop sollicité.

Sans un mot il gagne la cuisine. Il a l'impression qu'une tornade a visité chaque placard. Peu importe, il sait s'adapter, c'est peut-être même ce qu'il fait de mieux.

Une heure plus tard, il hèle Espéranza d'une voix bourrue. Elle passe la tête par-dessus la rambarde de l'escalier, et depuis les chambres en soupente, s'exclame :

— Qui y a-t-il ?

— Descendez, il est treize heures passée, c'est l'heure de la pause !

Elle s'apprête à répliquer qu'elle n'a pas terminé, qu'elle veut continuer, mais les mots ne franchissent pas ces lèvres. De toute façon, le temps qu'elle rétorque, il a déjà tourné les talons, sans attendre de réponse !

Une lassitude lui tombe sur les épaules, issue moins du tri et du rangement que des émotions qui étreignent son cœur. Marie lui manque déjà !

Son rire de jeune fille, sa spontanéité, sa compréhension dénuée de jugement. Oui, elle lui manque… Un soupir remonte de son ventre, exhalant avec lui sa fatigue et son désarroi émotionnel. Après tout, il n'a pas tout à fait tort : elle est épuisée.

Elle abandonne la commode, tiroirs ouverts sur des vêtements qui n'accompagneront plus les pas de la vieille dame et descend l'escalier en s'étirant.

Elle retrouve Yffic sur la terrasse, à l'instant précis où un rayon de soleil effleure le rhododendron. Il est assis à la table sur laquelle sont disposées des assiettes. Un plat fume au centre, alors qu'il boit, avec une visible satisfaction, une gorgée de bière au goulot d'une canette.

— Asseyez-vous !

Elle obtempère, sans un mot, trop ébahie pour parler.

— Vous voulez une bière ?

Elle va pour refuser, puis ses barrières s'effondrent et elle hoche la tête. Aujourd'hui elle a bien besoin d'un peu d'alcool pour l'aider à poursuivre cette journée !

D'un geste, il lui sert un verre, dont le liquide doré pétille et mousse, le pose devant elle sans rien dire, puis remplit son assiette de quelques cuillères de riz et de crevettes.

— Mangez, vous avez une mine atroce !

Elle sursaute, le dévisage avant d'éclater de rire. Elle savait par Marie qu'il était cash, elle en a la preuve.

— Au moins vous dites ce que vous pensez !

Il lui retourne un sourire dans lequel elle perçoit sa nature profonde, aussi joyeuse que celle de sa mère.

— Toujours ! Allons, mangez ça va refroidir.

Leurs regards s'accrochent, pétillant d'une heureuse complicité sur laquelle nul n'aurait parié. Elle porte une fourchette de riz à sa bouche, alors qu'il guette sa réaction. Elle ouvre soudain des yeux effarés, tout en s'exclamant :

— Mais… C'est délicieux !

Il hausse une épaule faussement blasée, cependant que ses yeux d'océan brillent de plaisir.

— Bah quoi ? Vous pensiez que j'allais vous empoisonner !?

— Non… Mais c'est vraiment très bon !

— J'ai appris à cuisiner avec ma grand-mère, Jeanne, la mère de ma mère. Elle tenait l'hôtel de la mer, aujourd'hui vendu, comme vous devez le savoir. L'hôtel était plus une sorte de pension avec un restaurant à plat unique. C'est grand-mère Jeanne qui s'occupait du resto pendant que ma mère gérait la partie hôtellerie. Mais ça vous le savez, n'est-ce pas ?

— Oui, Marie m'en a parlé. Mais j'ignorais que vous aviez un tel don pour la cuisine !

— J'ai juste traîné toute mon enfance derrière ma grand-mère, rien de plus !

Elle s'immerge une fraction de seconde dans son regard empreint de nostalgie et son sourire soudain très doux. Le premier il rompt le contact, afin de se servir à son tour. C'est plus un prétexte pour échapper au tumulte provoqué par l'énergie des yeux de gitane qui semble le percer jusqu'au plus profond de son âme.

Ils mangent en silence durant quelques minutes, paisibles, appréciant la nourriture qui embaume, l'air tiède chargé d'iode qui effleure les mèches rebelles d'Espéranza et fait dodeliner les fleurs pourpres du rhododendron. Puis, tout en beurrant un bout de pain, il lance d'un ton qui cache mal sa curiosité.

— Comment avez-vous connu ma mère ?

Elle tend la main vers le beurre salé, se prépare à son tour un petit pain-beurre qui ira indéniablement bien avec les crevettes, avant de répondre :

— Je suis la voisine, tout bêtement !

Il lève un sourcil interrogateur, la laissant ajouter :

— Oui j'habite juste en face ! Je suis une sorte de nomade, je ne m'attache pas. Je vais ici et là, où mes pas et mon inspiration me portent. Il y a presque deux ans je suis arrivée ici. J'ai trouvé une maison et un atelier à louer, et voilà.

Il réfléchit une fraction de seconde, puis lâche :

— C'est vous qui tenez la boutique de tableaux ?

— Tout à fait ! J'y ai installé mon atelier. Là-bas, la lumière est superbe. J'aime tellement ces mouvances de tons, ces fluctuations de gris et de clarté. C'est si délicat à saisir !

Il la dévisage, surpris par son enthousiasme. Tout à coup cet étonnement qu'il a d'elle, lui plaît autant que son énergie lumineuse. Depuis longtemps il a oublié ce que c'était que d'être désarçonné par quelqu'un. En cette seconde, il retrouve la fraîcheur de son adolescence, où tout lui semblait neuf, stupéfiant, exaltant. Elle porte avec elle les fragrances de possibles, les effluves

de folies et de passion. Soudain, il se rend compte qu'il aime ça. Il en a seulement oublié le goût…

Peut-être remarque-t-elle son trouble, néanmoins elle s'applique à faire comme si elle n'avait rien vu, rien perçu, même si son œil de peintre saisit toutes les nuances du monde. Alors elle poursuit de sa voix pleine de soleil :

— Marie a été la première à oser en pousser la porte. Nous avons discuté et nous sommes devenues amies. Tout simplement. Tout naturellement.

Il va pour ouvrir la bouche, mais elle le coupe d'un geste :

— La prochaine question est pour moi !

Il la fixe, réprimant un sourire. Elle a du caractère et ce n'est pas pour lui déplaire.

Elle boit une gorgée de bière, rafraichissante, puis demande :

— Vous me donneriez la recette de ce plat ?

C'est tellement inattendu, qu'il retient un éclat de rire.

— Ah non, c'est une recette de grand-mère Jeanne, impossible de vous la divulguer. Elle ne sort pas de la famille !

— Ah crotte…

— Comme vous dites !

— Je dois faire quoi pour l'obtenir ? Vous épouser ?

Il manque s'étrangler, tandis qu'elle le considère avec un sérieux à peine démenti par son regard sombre, pétillant d'humour.

— Encore faudrait-il que je sois d'accord…

— Ne vous en faites pas, je suis prête à tout pour un tel plat !

Leurs regards se nouent et soudain, ils éclatent d'un même rire. Le ciel semble tout à coup plus clair, plus bleu, le soleil plus lumineux. Les nuages de ce début de journée s'écartent, emportant avec eux la tristesse passée.

Chapitre 6

La maison, si modeste pourtant, recèle des monticules d'objets oubliés ou chéris, et tous, il faut s'en occuper. Yffic poursuit sa tâche, répétitive. Il vide les bibliothèques qui ont au fil du temps, grignoté les murs du salon. Sa mère était une lectrice gourmande, compulsive, doublée d'une fervente adoratrice littéraire. Tout livre qui pénétrait chez elle, atterrissait immanquablement sur les étagères qui couraient partout dans la maison.

Chaque année, Mickaël, son mari, rajoutait quelques linéaires, agrandissant l'espace envahissant de sa collection. Il le savait et avait accepté depuis bien longtemps de partager sa vie avec des héros de romans, de toute façon c'était non négociable : pour Marie un livre ne se jetait pas, au mieux il s'offrait. Toutefois un livre qu'elle avait aimé, qui l'avait fait voyager au travers de bien des émotions, elle refusait tout net à le voir partir. Elle les aimait tout autant physiquement qu'elle en appréciait les mots contenus entre leurs pages.

Pourtant aujourd'hui, tout comme Yffic, les livres sont orphelins. Il leur faudra trouver un autre lieu où faire résonner leurs phrases. Il n'y a aucun autre choix.

Alors, avec des gestes mécaniques, Yffic remplit des cartons, laissant peu à peu les étagères vides. Seule une poussière résiduelle marque encore la présence du contenu qu'elles avaient choyé durant tant d'années. Il se refuse à lire les titres des ouvrages, à ne serait-ce que jeter un coup d'œil aux couvertures. Il les empoigne, les range un à un, fermant son cœur, bloquant ses émotions et l'irrépressible impression de trahison qu'il ne peut s'empêcher d'éprouver.

Dans l'entrée qui abritait jadis chaussures en vrac, cirés de pluie et bottes de pêches, les cartons s'empilent en monticules disparates, tranches d'une vie, restes dérisoires et cependant essentiels.

Alors qu'il dépose sur le tas, un nouveau bout de l'existence de Marie, il entend Espéranza l'appeler d'une voix où vibre une émotion à peine contenue.

— Yffic ! Viens voir ce que j'ai trouvé !

D'un geste, il pose le carton et bondit dans l'escalier menant à l'étage. Le timbre de la peintre le guide jusque dans la chambre de sa mère. Espéranza est assise sur la descente de lit en laine de mouton flokatis. Autour d'elle, s'étendent des piles de linges, de livres encore, et dans ses mains, elle tient un épais carnet à la couverture en cuir sombre. Bleu marine peut-être. Elle lève la tête vers Yffic qui vient d'entrer brusquement, cherchant son regard.

— Je viens de tomber sur ça…

Il la dévisage, sans comprendre. Il n'a jamais vu ce carnet. Il ne s'étonne pas de ce nouveau tutoiement, ils en ont décidé pas plus tard que tout à l'heure, lors de la pause déjeuner.

Mais ce carnet ? Qu'est-ce que ça peut être, pour alarmer la jeune femme ?

— C'était là-dedans, explique la peintre en désignant une valise ouverte, posée sur le tapis.

Un bagage en cuir râpé, datant d'avant-guerre sans aucun doute, dévoile un contenu hétéroclite, étrange, de vêtements, de lettres soigneusement nouées par un ruban de soie, de photos et de bien d'autres objets. Yffic jette un coup d'œil à la jeune femme, au carnet qu'elle tient entre ses mains tachées de gouttes arc-en-ciel, puis son regard glisse vers le contenu de la valise. Soudain, un bout d'oreille poilue l'interpelle. Il se penche, extrait une peluche usée par trop d'amour et de bisous. Un chien aux oreilles pendantes et à la longue queue que sa mère avait dû recoudre tant de fois. « Rustic » son compagnon d'enfance ! Que fait-il là ? Machinalement il le serre contre lui, croisant le regard sombre d'Espéranza.

— Je pense que ce sont les souvenirs de Marie, ceux auxquels elle tenait le plus…

Il la dévisage, incrédule.

Elle tend une main, attrape le premier objet qui tombe sous ses doigts et le montre à Yffic.

— Regarde !

C'est une robe soyeuse, à carreaux vichy, qui s'étale soudain devant eux, ramenant avec elle des journées de rire, de danse et d'abandon sans arrière-pensée. Yffic la reconnaît immédiatement : il l'a déjà vue sur de vieilles photos, portée par sa mère lorsqu'elle était étudiante. Quelle signification revêtait-elle pour Marie ? Quels souvenirs se rattachaient à ce bout d'étoffe ?

Espéranza, n'ajoute rien. Elle lit tout le trouble de son âme qui se répercute dans ses yeux. Sans un mot, il se penche, pose « Rustic » sur le lit et saisit un autre bout de tissu méticuleusement plié dans la valise. Cette fois c'est un baby gros accompagné d'une minuscule veste tricotée main. Il ignore lequel des trois enfants de Marie l'a porté, lui peut-être ? C'est en tout cas un nouveau bout de vie, mémoire tangible, fragile, de l'histoire de sa mère. Il réprime un soupir alors que son cœur se serre. Tout cela semble si dérisoire et pourtant, la succession des moments marquants de toute une existence, sont là, contenus dans cette valise moche.

Espéranza le tire de ses réflexions, dans un murmure.

— Regarde ce qui est écrit sur la première page de ce carnet !

Il repose le vêtement de bébé, et se tourne vers elle.

— Quoi donc ?

Posé sur ses genoux, elle a ouvert le carnet et lui montre quelques mots qui se déroulent en pleins et déliés au centre de la page : livre de raison, par Jeanne Legoff.

Il réprime un sursaut. Quoi, le journal intime de sa grand-mère !?

Il reste une seconde, abasourdi.

Espéranza lit son effarement, interprétant ses émotions avec une aisance qui la déconcerte elle-même. Toutefois, pour l'instant, elle n'a pas le loisir de s'interroger sur ce mystère. Elle secoue la tête, en répondant :

— C'est un livre de raison… pas un journal intime !

Il la fixe, sans bien comprendre :

— Quelle différence ?!

— Énorme et fondamentale ! Un livre de raison est écrit pour les descendants, afin de les renseigner sur quantité de faits familiaux, au contraire d'un journal intime qui est rédigé pour soi seul. Et puis un livre de raison peut passer de générations en générations.

— Ah… C'est dingue comme truc, murmure-t-il. J'ignorais complétement l'existence de ce livre. Pourquoi ne m'en a-t-elle pas parlé ?

Espéranza soulève une épaule, tout en faisant une moue qui éclaire son regard sombre de gitane.

— Bah peut-être qu'elle aurait voulu le transmettre, mais qu'elle ne savait pas à qui le confier.

Elle ajoute, un ton plus bas, d'une voix hésitante :

— Sans vouloir critiquer ton frère et ta sœur, je ne crois pas que Laurent ou Agnès auraient été intéressés par une telle passation…

Elle ne le mentionne pas, lui, ce n'est même pas nécessaire ! Il n'a jamais été là ! Comment sa mère aurait pu ne serait-ce qu'envisager de lui en parler ! Une vague d'amertume, doublée d'une tristesse infinie, le submerge et paraît le noyer. Où était-il toutes ces années ? À courir après quelles chimères ? Au service de la nation ? Quelle blague ! Elle lui a tout pris, pour qui ? Pour quoi ? Pour servir des intérêts, qui sans aucun doute, n'avaient rien à voir avec ceux du pays et des personnes qui l'habitent. Un goût de bile lui remonte dans la gorge, accompagné par une colère frémissante. C'est une vieille compagne, elle palpite en lui depuis si longtemps… Sans doute est-elle encore plus vive au fur et à mesure des années. Le sous-entendu brutal que lui hurle le vieux calepin, la ravive, une fois encore, attisant des braises qu'il tente, en vain, d'éteindre.

Il fouille dans la poche de son jean, en sort un paquet de cigarettes, en prend une et l'allume tout en se tournant vers la fenêtre, laissant son regard se perdre au loin, là-bas vers l'océan qui barre l'horizon. Il tire quelques bouffées, en silence, espérant que la nicotine l'aidera à calmer son cœur. Soudain, il sent une main effleurer son bras. Il se retourne, croise les yeux sombres de la peintre. Elle ne dit rien, se contente de le regarder et d'accentuer la pression de ses doigts. Le contact le brûle et pourtant il ne veut en aucun cas le rompre ! Il plonge son regard dans le sien. Soudain, colère et amertumes fondent, disparaissent, laissant place à un sentiment nouveau qu'il ne trouve que seul en mer. Une sérénité, apaisée, déferle sur lui. Elle n'est pas dû aux vagues et au vent, mais au sourire lumineux de cette femme étrange, qui sent la peinture et la térébenthine. Serait-elle réellement une gitane, sorcière à ses heures ?

Chapitre 7

*"Plonger au fond du gouffre, Enfer ou Ciel,
qu'importe ? Au fond de l'Inconnu pour trouver du
nouveau !"*
Charles Baudelaire

Après cette trouvaille, étrange, brûlante, Yffic
prétexte la fatigue de cette longue journée, la
pluie qui menace aussi, pour s'enfuir vers le port
et retrouver le cocon rassurant du « Mickaël ». Là,
il s'enferme dans le carré avec Natcha qui le
contemple de son regard d'or, toujours un peu
hautain. Elle ne lui reproche pas cette journée
qu'elle a passé seule à bord, où elle s'est sentie
abandonnée, néanmoins il peut en lire la critique
dans chacun de ses mouvements, même le plus
infime.

Tant pis !

Il a d'autres préoccupations en dehors de sa
petite personne ! Devant lui, sur la table en bois
vernis, repose le carnet en cuir sombre et usé. Il
semble le regarder, le narguer aussi peut-être.

Il le contemple, mal à l'aise, songeant à ce
que lui a dit Espéranza : un livre de raison…

Un élancement familier remonte depuis sa
jambe gauche, le faisant grimacer, souvenir
lointain d'une journée au Liban. La douleur
habituelle, baromètre fiable de temps

49

changeants, l'agace. D'une main il masse l'ancienne cicatrice en un geste inutile, mais réconfortant, sans pourtant lâcher le carnet des yeux.

Que va-t-il en faire ? L'ouvrir ?

Sans même essayer, il sait que c'est au-dessus de ses forces. Il ignore pour quelle raison bizarre, dénuée de toute explication logique, mais il se sent, il se sait, incapable de tendre la main, effleurer la couverture usée et la rabattre, révélant ainsi des décennies de mots accumulés et peut-être tout autant de secrets.

Alors le carnet reste là, sur la table, à le défier, tandis que sa vieille blessure le tiraille un peu plus. Il réprime un juron qui fait frémir Natcha qui, aussitôt, lui jette un regard outré. À moins que ce soit parce que l'heure du dîner approche et que la demoiselle a faim, il ne sait pas trop au juste ! Son air lui tire malgré tout un sourire : elle parvient toujours à le dérider, c'est son don !

D'un geste il tire un paquet de cigarette de la poche de son jean, en sort une, l'allume d'un geste sec, en tire une bouffée qui l'apaise. Il reporte son regard sur l'eau calme qui berce le « Mickaël », sur les autres bateaux qui clapotent au même rythme lancinant, sur les pêcheurs et marins qui trainent encore sur les pontons, sur la nuit qui vient, sur les goélands qui se disputent autour d'une poubelle, là-bas sur la jetée, sur tous ces mille riens de la vie d'un port, ces riens qui sont une vie, la sienne, et le rassure.

Il termine sa clope, l'écrase dans un cendrier, passe machinalement les doigts sur sa cuisse et se redresse, sa décision prise. Il attrape son blouson, l'enfile d'un seul mouvement puis saisit le carnet et le glisse dans une poche. Il se tourne

vers Natcha qui l'observe avec une vive réprobation.

— Je reviens ma grosse, sois sage !

Sans même observer l'impact de ses mots sur la princesse, il claque la porte du carré derrière lui, et saute sur le ponton qui oscille sous ses pas. Posé en boule soyeuse sur des bouts, Serge le suit d'un œil déçu : pas de friandise prête à tomber dans son bec. Dommage !

Quelques minutes plus tard, un sachet en papier kraft dans une main, il frappe à une porte fermière, peinte d'un bleu doux. À l'intérieur de la modeste maison, il entend l'aboiement rauque d'un chien, puis des pas vifs et un visage qui s'encadre dans les quatre petits carreaux de la porte. C'est un rayon de soleil qui vient l'éblouir, là, debout dans la ruelle. Le poids des angoisses lourdes qu'il porte depuis trop longtemps, paraissent glisser de ses épaules et se diluer. Un sourire détend son visage, illuminant son regard, comme cela ne lui est plus arrivé depuis bien longtemps.

Espéranza ouvre le battant, enjouée, ses mèches claires dénouées, frôlent son visage et reflètent les derniers rayons du soleil. Dans cet encadrement de porte, elle est une peinture, sans même en avoir conscience. Il se repait une seconde du tableau vivant, aurait sans doute voulu prolonger l'instant, mais une masse compacte, plissée et poilue lui fonce dessus en se tortillant.

— Pablo, viens ici ! Se récrie Espéranza, tout en se baissant afin de chopper son dodu curieux.

— Il n'est pas méchant, ajoute-t-elle, alors que ledit Pablo renifle le bas du jean d'Yffic, avec une concentration digne d'un enquêteur chevronné.

51

— Il n'a pas l'air très féroce, en effet ! lâche Yffic en se baissant pour caresser la tête plissée du bouledogue, qui, ravi, se tortille en grommelant de plaisir.

Puis d'un trait, il ajoute, tout en soulevant le sac qu'il tient d'une main :

— Je suis passé voir si tu avais dîné et dans le cas contraire, nous préparer un p'tit quelque chose….

Un ton plus bas, il murmure d'une voix qui se casse imperceptiblement :

— Et peut-être voudrais-tu ouvrir le livre de raison avec moi…

Un sourire s'épanouit sur le visage d'Espéranza, éclairant ses yeux d'une lumière éclatante. D'un geste, d'un sourire, d'un regard, elle l'invite à entrer tandis que Pablo, qui comprend tout, se précipite dans la maison en trémoussant son popotin.

La maison, comme la plupart de celles du village, a été construite pour une modeste famille de pêcheurs, dans cette roche grise, inaltérable, offrant des murs épais, dont la solidité minérale n'a jamais été prise en défaut. Elle est petite, ramassée sur elle-même, des poutres supportent le grenier vers lequel un escalier en bois, aux marches usées, s'élance en un souple mouvement. Quelques fenêtres peintes en bleu, laissent passer les ultimes rayons du couchant, inondant la pièce unique d'une luminosité chaude, vibrante de promesses. De par son emplacement, en surplomb de l'anse que forme le village et son petit port, la demeure offre par l'ouverture d'une baie vitrée et de deux fenêtres moins récentes, une vue stupéfiante sur les toitures en ardoise, les voiliers amarrés aux pontons dont les mâts

frémissent comme des oiseaux prêts à s'envoler. Plus loin la jetée et son phare et enfin l'océan, immense, mouvant, une toile vivante, qui ne peut qu'être une inspiration vibrante pour une artiste. Aussitôt Yffic comprend pourquoi elle a choisi de se poser ici, très précisément dans cet endroit. La vue, la lumière, les couleurs mouvantes doivent être, sans aucun doute, une inspiration permanente pour une artiste. Après avoir été le foyer de modestes familles de pêcheurs, voilà que la maison est maintenant le refuge d'une artiste.

D'un côté de la salle, une cheminée où crépite un feu avec par devant un vieux canapé en cuir sur lequel s'étale un châle en laine, de l'autre vers la porte-fenêtre, un joli coin cuisine et une table en bois peint autour de laquelle un banc et quelques chaises colorées invitent à s'asseoir. Les murs, quant à eux, sont recouverts d'étagères surchargées de livres, de bouquets de plumes et de bocaux de coquillages. Jouxtant la cheminée, une courte volée de marches en granite, descend vers une porte close.

Adossés aux murs, des toiles attendent d'être accrochées ou que la peintre trouve l'envie de les terminer. On ne sait pas trop au juste !

Tout est cependant simple, vivant. Yffic, sans savoir pourquoi, se sent aussitôt à son aise. Il dépose le sac sur la table de la cuisine, se tourne vers Espéranza, lui décoche un sourire tout en disant :

— Assieds-toi ! Je m'occupe de tout !

Elle ne cherche même pas à protester. Glissant dans des pantoufles en formes de pattes de dinosaures, qui si elles pourraient paraître incongrues sur n'importe qui, semblent une normalité évidente à ses pieds. Elle se perche sur la table, repousse des mèches égarées, jette un œil gourmand dans le cabas, tandis qu'Yffic pose son blouson sur une patère, simple galet fixé au mur. Il se retourne, la trouve en train de fureter dans le sac de courses, avec le même air affamé que Natcha. Réprimant un sourire, il récupère les vivres en grommelant d'un ton faussement sec :

— Eh là, bas les pattes !

Puis sans s'autoriser à réfléchir, il plonge la main dans le sac, en ressort le carnet usé et le lui tend :

— Je cuisine et tu lis ?

Affirmation ou question, elle ne sait pas trop, mais peu importe. Elle saisit le livre de raison, croise son regard marin où palpite tant de tristesses, de regrets, d'amertume aussi. Elle lui renvoie un sourire doux, qui l'enveloppe soudain d'une caresse rassurante. Rasséréné, il se tourne vers le plan de travail de la cuisine, y étale les denrées, sort des ustensiles, tandis qu'il perçoit le bruit infime des doigts d'Espéranza ouvrant le carnet. Le chuintement imperceptible du dos en cuir qui n'a pas été touché et rabattu, depuis quand ? Trop longtemps semble-t-il ! Puis c'est le frôlement des mains fines sur les pages en papier jauni.

Il attrape un oignon, commence à le découper en fines lamelles, se concentrant moins sur sa recette, qu'il connait par cœur, que sur la voix d'Espéranza qui va réveiller les mots endormis.

— Jeanne Legoff, je suis née en 1925, à Kerporzh. Je débute ce carnet afin de relater les événements qui se déroulent sous mes fenêtres et qui viennent secouer ma vie, celle de ma famille et de tout le village. Nous sommes le 20 juin 1940.

Le ton enjoué et rempli de soleil d'Espéranza s'interrompt. Elle relève son visage fin et croise le regard d'Yffic : est-il prêt à s'embarquer pour un voyage dans le temps, à la rencontre d'une grand-mère, jeune adolescente d'à peine quinze ans ? Dans ses yeux, elle lit une affirmation presque farouche. Elle ignore si, dans un cas similaire, elle aurait autant de volonté : comment pouvoir imaginer sa mamet, jeune, fraîche, naïve. Enfin, il semble qu'une force le pousse à savoir, alors advienne que pourra !

Elle se racle la gorge, se cramponne à son meilleur français et reprend son chemin vers le passé :

— Depuis quelques jours, plusieurs familles sont parties. Les gens ont pris des baluchons et où ont-ils disparus ? Je l'ignore. C'est triste. Ils ont laissé leur maison, toute leur vie, afin de fuir les Allemands. Grand-père et papa n'ont, je crois, même pas envisagé de quitter le village. Aucun mot n'a été émis à ce sujet, du moins devant nous, les enfants. Sans doute est-ce une telle évidence que nous ne plierons pas devant un quelconque envahisseur, qu'il n'y a rien à dire là-dessus ! Depuis deux ou trois jours le temps est au beau, alors ce n'est pas l'arrivée des Allemands qui va changer quoi que ce soit : ce matin le chalutier est sorti comme à son habitude. J'ai vu les soldats en gris verdâtre, marcher en rang dans la rue principale qui traverse tout Kerporzh et passe devant chez nous. C'était si étrange, presque irréel. Je suis restée figée, toute bête sur le pas de la porte de notre auberge. C'est mamm-gozh[1] qui m'a ramenée à la réalité en me sommant de rentrer. Le claquement sourd des bottes résonnait sur les pavés, se répercutant sur

---

[1] Grand-mère en breton.

les façades de nos maisons. C'était sinistre. Même le soleil a semblé perdre son éclat. J'ai frissonné malgré la douceur de l'été. Rien ne sera plus pareil, je le sais. Où tout cela va-t-il nous conduire ?

« J'ai peur. En rentrant, ce soir-là, tad-kozh[1] m'a vu ratatinée dans un coin. D'un geste bourru de son énorme main calleuse de pêcheur, il a tapoté mon épaule tout en bougonnant : allez petite, nous en avons vu d'autres sur ces terres ! Ils partiront, comme tous ceux avant eux qui ont cru pouvoir nous envahir.

Elle s'interrompt. Relève la tête de sa lecture, lançant un bref coup d'œil au marin qui va et vient dans la cuisine. Déjà de délicieux effluves chatouillent son nez, montant en volutes des casseroles qui mijotent. Yffic se tourne soudain, lui jetant un regard interrogatif. Elle lui retourne un sourire en murmurant :

— J'ai faim ! Ça sent gravement bon, comme dirait ma fille !

Il retient un rire qui se répand pourtant dans ses yeux.

— C'est bientôt prêt ! Mais ne t'attend pas à un plat de chez Bocuse : c'est juste une soupe…

Tout en parlant il ouvre quelques placards, trouve deux bols, deux cuillères et les posent sur la table, avec du pain et du beurre salé. Il touille une ultime fois son mijotage, rajoute un tour de poivre puis éteint le feu. Un coup de mixer pour tout lier et il n'a plus qu'à servir deux généreuses louches d'une soupe épaisse aux arômes d'un soleil tout méditerranéen, dont la couleur pétillante attise à elle seule la gourmandise.

---

[1] Grand-père en breton.

Espéranza pose le livre de raison, tout à coup affamée :

— Je continuerai plus tard, affirme-t-elle en s'installant face à l'un des bols fumants.

Yffic prend place en face d'elle. Il la regarde saisir sa cuillère puis la plonger dans la soupe qui fleure bon le citron et les épices. Elle goûte, se brûle, rit telle une enfant puis chuchote dans un soupir de satisfaction pure :

— C'est délicieux !

Rassuré, il goûte à son tour et retrouve la saveur rassurante de ce plat qui est devenu pour lui, au fil du temps, le plat réconfortant par excellence. Celui qu'il préparait jadis à Océane pour la consoler de ses chagrins de petite fille. Celui qui le console lui aussi des chagrins de sa vie d'adulte lorsqu'il est en proie à la solitude et à ses démons. Celui qu'il a appris au Liban d'une grand-mère affable, qui avec du recul, avait sans doute pitié de ces soldats, encore des enfants, malgré leurs armes et leur entraînement.

Du Liban il a ramené autant d'humanité que d'horreur, le sourire doux de cette vieille femme ainsi qu'une blessure par balle qui aujourd'hui encore le fait boiter.

La soupe le renvoie vers ce passé, vers ses vingt ans encore pleins d'insouciance et de naïveté. Quelque part il est encore ce jeune gars débordant de rire et de candeur mêlés, même si une vie entière, au service de guerres multiples, a fini par laminer son insouciance naturelle. Pourtant dans cette modeste maison pleine de couleurs, en compagnie de cette femme, il sent renaître des pans de lui-même, oubliés depuis longtemps, bien trop longtemps.

Douceur. Candeur. Naïveté.

Elle lui sourit et c'est le soleil tout entier qui réchauffe son cœur. La pièce semble s'illuminer tandis que son âme s'embrase. Le voilà à nouveau adolescent face à cette femme soleil.

— C'est délicieux, répète-t-elle la bouche pleine. C'est à la fois exotique et étrangement familier. Qu'est-ce que c'est ?

— C'est une recette libanaise, parvient-il à articuler, l'adolescent prenant le pas sur l'homme qu'il est pourtant.

Il se sent gauche, presque intimidé, ce qui est vraiment ridicule. C'est si nouveau, qu'il refoule un éclat de rire : tant de légèreté oubliée…

Après le dîner, savouré dans une connivence douce, ils s'installent devant le feu qui crépite en flammes légères. Il s'enfonce dans le vieux fauteuil en cuir qui a accueilli tant de personnes et tout autant d'émotions. Un trouble soudain monte en lui, le prenant par surprise : il se sent si bien en compagnie de cette femme étrange, si éloignée de tout ce qu'il est. Cette femme à l'énergie de feu et de soleil, cette femme pleine de couleurs, cette femme qui le bouscule et le chavire comme un frêle esquif qu'il ignorait être. Elle perçoit son désarroi. Pablo lové contre elle, avec le feu en fond sonore, elle lance à mi-voix :

— Pablo c'est pour Pablo Neruda. Ses pensées, son œuvre me sont des inspirations, qui me portent depuis toute petite.

Il la dévisage, attentif, bien que ses mains, larges, calleuses d'avoir manié tant de bouts, de drisses et d'amarres, se serrent convulsivement en un geste qu'il ne contrôle pas. Il lui sait gré d'alléger l'atmosphère et de ne pas en revenir aux révélations de sa grand-mère : il a besoin de

temps pour digérer, pour faire sien cette toute jeune Jeanne et ses mots.

Elle se lève avec une grâce qu'elle ignore, ramène deux bières qui trainent depuis des mois dans son frigo, et retrouve sa place tiède contre le bulldog qui n'a pas bougé. À peine son ronflement s'interrompt-il une fraction de seconde. Il s'étire en grommelant, sa lourde tête abandonnée sur la jambe de sa maîtresse.

Prenant chacun une bière, ils en savourent une gorgée, avant qu'elle reprenne :

— Je suis originaire d'un petit village espagnol situé sur la côte nord. Il est si semblable à celui-ci ! Avec son port, ses pêcheurs et l'océan. Mon père construisait et réparait des bateaux, quant à ma mère, elle tient encore un gîte d'étape pour les pèlerins se rendant à Saint Jacques de Compostelle. C'est là que j'ai été élevée.

Il la considère, intéressé, sa bière fraîche perlant de buée à la main :

— C'est pour ça que tu parles si bien français ? À force d'avoir côtoyé tant d'étrangers !

Elle sourit, hoche lentement la tête sans répondre. Acquiescer à sa question lui paraît plus simple. Elle n'a pas envie de donner plus d'explications. Un jour peut-être elle lui dira, mais pas encore, même si elle pressent qu'elle pourrait se livrer en totale confiance à cet homme. Pourtant ce n'est pas encore le moment. Jusqu'à présent elle n'en a pas éprouvé le besoin, même pas de se confier à Marie, avec qui elle était dans une belle relation.

Il sent l'imperceptible silence, l'infime retenu, le souffle qui se contient. Nul autre que lui ne pourrait le percevoir, cependant c'est ainsi, c'est son 6ème sens : il perçoit l'impalpable. Toutefois il n'en montre rien. Il la laisse libre. Libre de se confier, libre de garder ses silences et ses secrets. Il a les siens, ceux qui le réveillent en sueur au bout de cauchemars dont il ne veut parler à personne. Elle peut donc bien, elle aussi, conserver dans le coffre-fort de son âme, ce qu'elle veut, ou ne peut dévoiler.

Il comprend.

Le feu rougeoie dans le clair-obscur de la salle, Yffic contemple Espéranza, tableau vivant, colorée et changeant, blottie avec son chien sous le châle éclatant. Lentement il lui sourit. Son regard clair reflète les flammes brûlantes à moins que ce ne soit le propre feu de son cœur…

Chapitre 8

"Ce qui est sur le chemin, devient le chemin."
Marc Aurèle

La soirée a été douce hier. Cela fait bien longtemps qu'il n'en a vécue de si apaisée. Ravigoté, il est parti courir sur la lande, tout au long du chemin côtier qui surplombe l'océan, en haut de falaises venteuses. Avec un plaisir qui le surprend lui-même, il retrouve la familiarité du terrain, ses pieds reconnaissant chaque caillou, chaque dénivelé. Il lui semble respirer à nouveau, comme si jusqu'à présent il vivait en apnée : maintenant voilà que l'oxygène rentre à flot dans ses poumons et que porté par ses foulées, encore souples, il laisse son esprit dériver sur la soirée passée avec Espéranza, sur le carnet de Jeanne et tout ce qu'il augure comme contenu brûlant.

L'océan gronde en fauve calme ce matin, effleurant avec délicatesse les roches à nues tandis que quelques mouettes tournent en criant autour d'un modeste bateau de pêche, petit point vif posé sur les eaux calmes. Une brise tempérée lui apporte le bruit assourdi des moteurs et les piaillements des oiseaux. Ses mouvements se délient, il transpire sur la sente rocailleuse bordée de bruyère rase où s'attardent encore quelques rares fleurs roses. Il y a quelques semaines à peine, toute la lande n'était qu'un tapis chromatique de variation du mauve au rose tendre. Cette pensée le ramène à la peintre : a-t-elle peint la lande dans cette explosion de couleurs ? Aujourd'hui tout semble comploter pour le rapprocher d'elle, y compris lui-même. Cela l'étonne et le réjouit bizarrement. Cela fait si longtemps qu'il n'a plus expérimenté de telles émotions, qu'il ignorait en conserver encore la capacité !

Tout en suivant d'une part la sente étroite et d'autre part la mouvance fluctuante de pensées fragiles, il revient vers le village, blotti dans sa crique, comme recroquevillé autour de son port, son centre vital.

Il aime tant cette vue ! Il l'avait oubliée, comme tant d'autres choses qui soudain lui paraissent essentielles. Ses foulées s'allongent lorsqu'il retrouve le village, l'asphalte lisse de la route qui longe l'anse et le port. Les maisons en pierre, ramassées les unes contre les autres font face depuis longtemps aux éléments, encaissant sans broncher embruns, tempêtes et bourrasques. Façades et volets forment un joli méli-mélo de couleurs auquel le voilà soudain sensible. Son attention se porte tout à coup vers un attroupement de badauds massé devant l'hôtel de la mer. Véhicules de gendarmerie et de pompier sont là aussi.

Que se passe-t-il ?

À la fois surpris et inquiet, il s'approche du groupe, étonné de reconnaitre tant de visages familiers. S'adressant plus à la cantonade qu'à quelqu'un en particulier, il lance d'une voix qu'il veut calme :

— Qu'est-ce qu'il y a ?

Un homme d'un certain âge, se retourne et sans paraître surpris, lui tend une main rude :

— Salut Yffic. Bah paraît qu'ils ont trouvé un corps !

Yffic manque de sursauter, cependant qu'un autre ajoute :

— Les nouveaux propriétaires voulaient faire un parking derrière, ils ont commencé à décaisser puis casser la terrasse qu'avait installé ton arrière-grand-père pour boire le café, tranquille, sans être embêté par les clients.

Yffic hoche la tête. Il se souvient parfaitement de ce bout de béton où grand-mère Jeanne se tenait après le service de midi, scrutant d'un œil acéré le jardin potager qui s'étendait en foisonnement contrôlé et néanmoins productif. Il la revoit touiller son café dans son service à fleurs, à l'ombre fraîche d'un exubérant tamaris. Elle le surveillait d'un regard tout aussi pointu que celui destiné à ses courgettes, tandis qu'il sautillait au milieu des légumes et des parterres de fleurs. Elle l'appelait alors pour lui offrir un canard, simple bout de sucre trempé dans son café fort et amer. D'y songer, toute l'amertume sucré de l'enfance lui explose dans la bouche, saturant ses papilles. Son cœur se serre. Dans les mots de l'homme il n'en a retenu qu'une partie : ils ont détruit le jardin de grand-mère Jeanne…

Il s'efforce de maîtriser son cœur qui s'emballe. Après tout, ces gens ont acheté l'hôtel, ils peuvent bien en faire ce qu'ils en veulent ! Il n'avait qu'à lui-même l'acquérir, sa mère le lui avait même proposé… Il avait préféré partir, prendre le large, se laisser porter par les courants et les vagues. Il avait préféré fuir. Il en prend soudain conscience, c'est comme une gifle monstrueuse qui le terrasse. Il aurait pu rester, reprendre l'hôtel. Oui il aurait pu…

Mais voilà il est parti et ce matin ils se sont attaqués à la terrasse de Jeanne. Focalisé sur ce bout d'enfance, il en a oublié la macabre découverte, jusqu'à ce qu'un homme derrière lui, lance sur le ton de la plaisanterie :

— Ah bah qui eut cru que la Jeanne aurait eu un amant !

Yffic sursaute. Il se retourne d'un bloc, près à sauter à la gorge de l'indélicat. L'autre le reconnaît aussitôt. Il blêmit, se décompose en croisant son regard glacé, plein de colère, frémissant de dangers. L'homme baisse les yeux, bredouille, on ne sait quoi et préfère se carapater prestement, plutôt que d'affronter le marin. Ce dernier inspire une longue goulée d'air chargée d'iode et de sel, tentant de calmer l'émotion noire qui palpite dans ses veines. L'intervention du malotru a au moins eu l'avantage de lui rappeler le pourquoi de l'attroupement !

Un cadavre…

Comme le reste de la foule, il reste perplexe tandis que des dizaines de questions commencent à inonder son cerveau et vrombir en escadrilles folles. À la fois agité par ces mille interrogations et de plus en plus inquiet, il s'avance avec assurance vers un gendarme et l'interpelle d'un ton qu'il espère maîtriser :

— Bonjour, brigadier je suis Yffic Le Guen, le petit-fils de Jeanne Le Goff. Pourrais-je savoir ce qui ce passe ?

Le sous-officier le dévisage une seconde avant de lancer :

— Nous n'en savons guère plus que vous ! Il faudra attendre les résultats de l'enquête et entres autres, les analyses médico légales.

Yffic hoche la tête et le remercie, même s'il n'est pas plus avancé ! Il se doutait qu'il n'aurait aucune réponse pour le moment. Un corps sous un bloc de béton cela n'annonce pas vraiment un accident, mais bel et bien un meurtre et une enquête…

C'est la tête bouillonnante, qu'il retrouve Espéranza à la maison de Marie. La douche fraîche prise sur le « Mickaël » n'a pas réussi à ordonner ses pensées, bien au contraire !

Poussant la porte, il l'appelle d'une voix vibrante, étonné lui-même de l'importance qu'a pris cette femme-soleil dans sa vie, en si peu de temps.

— Espéranza !

Une cavalcade de pas menus dégringole l'escalier en bois ciré et la voilà devant lui, souriante, lumineuse. Une tache bleue est apparue sur le lobe de son oreille droite, tandis qu'un trait vert anis lui barre le front. Elle lui renvoie un sourire étincelant : soudain il réalise qu'il n'a rien vu de plus beau. Son cœur s'apaise, son cerveau et ses questions se tempèrent et se calment jusqu'au silence, jusqu'à ne plus ressentir qu'elle, elle et sa présence brûlante.

— Je suis là ! Je rangeais un peu la chambre du haut.

Sa voix aux tonalités de soleil lui transperce l'âme, inondant son cœur d'une douceur inconnue ou tout du moins oubliée. En quelques mots hachés il lui raconte le footing, le vent sur la lande, les fleurs de bruyère et le mort sous la terrasse.

Effarée, elle ouvre des yeux immenses, laisse s'échapper quelques onomatopées en espagnol avant de murmurer :

— Mais qu'est-ce que c'est que cette histoire ?!

Il hausse une épaule pleine d'incompréhension, lorsque leurs regards se télescopent, partageant la même pensée. C'est dans un même élan, qu'ils s'écrient :

— Le carnet de Jeanne !

Leur synchronicité les fait rire, sans pour autant les faire dévier de leur idée.

Quelques minutes plus tard, les voilà chez Espéranza, dans sa minuscule maison de pêcheur, assis à la table de la cuisine. La cafetière distille goutte à goutte un café qui sera indispensable pour les soutenir et qui dispense déjà un arôme chaud et rassurant. Yffic tend le carnet à la jeune femme, comme s'il était naturel que ce soit elle qui en soit la voix.

Ils s'installent, elle dans le canapé, Pablo contre elle, lui dans le fauteuil en cuir usé, comme une habitude depuis longtemps ancrée, bien qu'elle ne date que de la veille… Elle prend le carnet qui s'ouvre dans un imperceptible bruissement de pages anciennes, livrant une bouffée d'autrefois, faite de poussières closes et de mots oubliés.

« Il fait beau, hélas mes parents refusent que j'aille à la plage avec mes amis, comme d'habitude. Tad-kozh a même fait sa grosse voix :

— Rien n'est comme avant, tu vas devoir t'y accoutumer fillette !

Je ne comprends pas vraiment pourquoi je dois rester murée à la maison. Maman m'a expliqué vaguement qu'avec les soldats la

situation était compliquée, le danger partout. Sans doute a-t-elle raison.

Comme à chaque vacances, j'aide au service de l'auberge, ce qui me permet une mince évasion de mon quotidien. Cette année, je dois avouer qu'avec les Allemands qui ont quasiment pris leurs quartiers sur notre terrasse, c'est vraiment sportif ! Ils s'enfilent des litres de cidres et de bières, sans parler des dizaines de crêpes qu'ils engloutissent ! Grand-mère, maman et moi, avons du mal à tenir tête à ces joyeux affamés !

Maman sue devant son billig[1], tandis que je cours, rouge comme un homard trop cuit, de la salle aux cuisines, en portant assiettes et bolées. Par chance, les Allemands, tout occupants qu'ils soient, payent rubis sur l'ongle. Une fois, un groupe bien éméché a commencé à houspiller grand-mère venue apporter l'addition, salée, après une soirée entière à boire et manger. Grand-mère était furieuse ! J'ai bien cru qu'elle allait sortir le penn-bazh[2], lorsqu'un officier installé à une table un peu plus loin, s'est levé et a remis les soldats à leur place, en trois phrases.

J'ignore ce qu'il leur a dit, puisque je ne parle pas cette langue, même si je glane au fil des semaines quelques mots ici où là. En tout cas, ils

---

[1] Un ou une billig en breton, appelé aussi galettoire, est une plaque épaisse circulaire en fonte d'une quarantaine de centimètres de diamètre, utilisée en cuisine bretonne pour faire cuire les crêpes de froment ou de sarrasin, et les galettes.
Anciennement chauffée au bois, la plaque est à présent chauffée au gaz ou à l'électricité. Elle s'utilise avec un rozell (petit râteau plat) et une spatule.
[2] Le penn-bazh, ou penbas (bâton à tête du breton penn (tête ou extrémité) et de bazh (bâton traduit par gourdin1 ou bâton à bout ferré 2,3), est un bâton appartenant à la culture et à la tradition bretonne

étaient dessoûlés dans la seconde et ils ont réglé en s'excusant. C'était drôle !

Bref c'est à peu près le seul incident qu'on a eu. Dans l'ensemble, ils sont plutôt aimables, même si certains sont collants avec leur « zolie mademoiselle ». Faut dire qu'ils n'ont pas beaucoup de vocabulaire ! Ils ne m'embêtent pas trop. Certains rigolent en essayant de tirer le nœud qui noue mon tablier de service dans mon dos, puis éclatent de rire lorsque je leur tape sèchement sur la main. Ce n'est pas bien méchant, agaçant, tout au plus.

Dommage que tad-kozh ne soit pas là tout le temps, je suis certaine que personne ne me tarabusterait s'il était là à surveiller la salle de son œil froid, tout en fumant sa pipe. Enfin bon, il doit aller à la pêche si nous voulons nourrir tous ces clients. Et puis je me débrouille : je ne suis plus une gamine non plus, j'ai quinze ans. »

Yffic et Espéranza se dévisagent, alors qu'elle interrompt sa lecture. Une boule se forme aux creux de l'estomac du marin. Il imagine Jeanne, fine adolescente luttant contre les railleries des soudards, sans aucune autre arme que sa candeur. Son cœur se serre. Dans le regard soudain inquiet d'Espéranza, il lit la même peur, la même angoisse.

Que s'est-il passé cet été-là ?

Il sait que la terrasse a été mise en place au cours de la guerre, bien avant la naissance de sa mère. Jeanne avait à peine seize ans lorsqu'elle a eu Marie, sa fille, son unique enfant. Du père de Marie personne, jamais, n'en a parlé ni seulement mentionné le nom. C'est à peine aujourd'hui qu'il se pose la question. Tout un pan de l'histoire de sa mère, de lui-même, de Jeanne, lui apparaît sous un jour nouveau, grouillant de secrets.

Jusque-là, sa mère n'avait pas de père et c'était normal. C'était un fait tenu pour acquis, dont il n'avait pas levé toute l'étrangeté lorsqu'il était enfant. Jusqu'à aujourd'hui. Il ignore comment il a pu se satisfaire de cette absence d'explication. Cela lui paraît soudain fou.

Pourtant tout était là, sous ses yeux.

Maintenant voilà ce mort englué dans son béton. Qui est-il ? Que veut-il dire après tant de temps ?

Son cœur cogne dans sa poitrine jusqu'à lui faire mal.

Il a peur.

Il ne sait pas pourquoi ou peut-être le sait-il trop, dans une sorte de pré science ou bien est-ce la mémoire génétique contenue dans son ADN qui hurle ? Il voudrait être rassuré. Que Marie soit là, qu'elle le prenne dans ses bras comme lorsqu'il était enfant et que de sa voix tendre, elle murmure que tout va aller. Que les cauchemars sont partis. Il lui semble entendre sa voix le bercer afin de calmer larmes et angoisses. Chantant une courte berceuse dont il perçoit les paroles, résonner dans le creux de son oreille.

Soudain, c'est bien deux bras, très doux, qui l'enlacent, alors qu'une voix chuchote :

— Ça va aller…

Chapitre 9

*"La pluie tombe comme nous tombons amoureux
: en déjouant les prévisions."*
Martin Page

Il ferme les yeux. Se laisse couler dans la tiédeur du réconfort. Pour une fois, pour une rare fois, peut-être finalement pour la première fois, il baisse sa garde et s'abandonne à la tendresse.

Espéranza l'étreint sans penser plus loin qu'à cette douleur qu'elle sent en lui et qui la percute en vague noire. Son âme vibre en fonction des émotions, elle n'y peut rien. Elle est faite ainsi, recevant sans pouvoir s'en prémunir, les troubles et les agitations émotionnelles des êtres qui l'entourent. C'est à la fois un don et une malédiction. Elle a préféré en prendre le meilleur et nourrir son art, transformant ces perceptions en autant de couleurs. Elle sait déjà que ce soir, elle passera la nuit à peindre…

Yffic l'attire contre lui, sans qu'elle le décide, son corps répond, s'amollit. Elle se laisse couler, douce entre ses bras et soudain toute tension l'abandonne. Elle pousse un soupir de soulagement incrédule, alors que son corps mince, presque menu, s'harmonise avec celui du marin. Le visage dans le creux de son épaule, elle se découvre en totale confiance. Elle perçoit sa détente tandis que la noirceur s'éloigne et qu'il

souffle à son tour. Ses mains, fortes, glissent dans son dos et l'enserrent en une étreinte à la fois pleine de puissance et d'une tendresse renversante. Sa chaleur la submerge, soudain son cœur vibre et pétille dans une exubérance qui la prend au dépourvu. Elle entend celui du marin cogner dans sa poitrine dans un rythme aussi désordonné que le sien. Puis ses lèvres rejoignent les siennes, dans une telle évidence que toutes les tensions qu'ils ont accumulées, s'effacent et disparaissent, du moins pour un instant. Un instant de magie pure, de connivence absolue, un instant de temps suspendu dans une bulle d'éternité.

Toute cette vie de résistance, d'efforts, d'incompréhension, de colère parfois, d'injustice souvent, de peur et de doutes s'envole, ne permettant qu'au présent, qu'à cette seconde d'exister. Rien d'autre n'a d'importance que ses mains rugueuses qui se faufilent sous le pull d'Espéranza, explorant la peau de soie de la peintre. Il retrace lentement le modelé de son dos, de ses épaules en une caresse délicate qui les fait frémir jusqu'au plus profond de leur âme. Tout aussi graduellement, il sent les doigts fins de l'artiste explorer son torse, effleurer ses pectoraux et descendre le long de ses côtes en un délice oublié, ou peut-être jamais ressenti.

Rien n'a été prémédité, seul l'instant, cet instant précis de relâchement, leur a permis de baisser leur garde, De s'avouer à eux-mêmes, en un éclair fulgurant de prise de conscience, cette attirance pour l'autre, cette pulsion de vie qui les pousse et fait vaciller leur certitude de solitude.

Elle s'abandonne à lui dans une décontraction si absolue, qu'elle la prend elle-même de court. Elle ne le connaît pas, ou quasiment pas, pourtant

son corps s'harmonise au sien avec une justesse absolue, comme si de toute éternité ils étaient faits l'un pour l'autre. C'est tellement surprenant, toutefois ils n'ont ni l'envie ni le temps de se poser la moindre question sur ce mystère. Ils préfèrent s'immerger dans le moment, leur cerveau cédant pour une fois la place à leur corps et à leurs émotions. Il n'est pas l'heure de penser !

Dans son canapé, Pablo contemple les humains avec stupeur, avant de se rendormir, en boule sous le plaid chamarré.

Le petit matin les surprend, enlacés sous la couette, accrochés l'un à l'autre dans une étreinte naturelle, évidente. Un rayon de soleil venu du velux, les effleure, nimbant le corps tendre d'Espéranza dans une lumineuse lueur. Avec un bonheur goulu, Yffic laisse courir ses mains sur ses formes délicates, alors qu'elle émerge d'un sommeil serein. Elle s'étire, avant de se tourner vers lui, l'embrassant avec un naturel qui ne le surprend même pas. Son regard de gitane pétille. Il lui sourit, lui retourne un baiser joyeux, un baiser d'adolescent, un baiser débordant de vie et de soleil. Mutine, câline, elle l'escalade tout en le mordillant avec une douceur féline qui le confond. Puis taquine, elle s'échappe de ses bras, court dans le rayon de soleil, nue, belle, échevelée, son corps magnifié par la tendresse. Elle enfile un tee-shirt tout en s'écriant :

— Je vais préparer un café et sortir Pablo !

Il la contemple descendre l'escalier avec cette vivacité de korrigan, cette énergie lumineuse qui lui est propre, unique. La nuit est passée, pourtant la magie perdure, au-delà de cet instant de folie. Son cœur bat à un rythme lent, calme enfin. Tout son être est relâché. Soudain il sent qu'il est à nouveau lui-même, aligné avec sa propre essence.

Il l'entend s'agiter dans la cuisine, parler en espagnol au chien qu'il imagine frétillant de tout son corps rebondi. Il reste étendu quelques minutes encore, profitant de la tiédeur des draps, de l'odeur d'Espéranza qui les imprègne, de leurs odeurs à tous les deux. Il se remémore cette nuit de feu et de tendresse. Pour le moment il ne veut qu'en retenir l'essentiel, ne pas penser, ne pas voir plus loin qu'aujourd'hui. Il balaie toute réflexion, toute raison. Il a eu son lot de culpabilisation, de remise en question, de ruminations et de questionnements sans réponse. Alors il repousse tout, aussi vivement qu'il pousse la couette d'un geste ferme et se lève. Aujourd'hui, ses pensées issues de peurs lointaines, ne lui dicteront ni sa conduite ni ce qu'il éprouve.

Il s'habille, tee-shirt, jean et descend l'escalier de meunier qui craque sous ses pieds nus. Espéranza pousse la porte d'entrée à cet instant, Pablo sur les talons. Ils arborent tous deux un sourire immense bien que pour des raisons diverses ! Pablo songe sans aucun doute à son petit déjeuner qui va tomber et Espéranza, tel un soleil brûlant se jette dans les bras d'Yffic en le voyant. Il en reste soufflé, presque statufié par le bonheur vif qu'il sent déferler dans tout son corps. Comment peut-il mériter tant de douceur ?

Une fois encore, il renvoie ses pensées nauséabondes à l'oubli et referme ses bras autour de la taille menue de la peintre. Elle se love contre lui, souple, flexible comme une fleur sauvage. Elle rit, l'embrasse, s'échappe ensuite pour déposer un sachet, qui répand dans toute la maison, une

chaude fragrance de viennoiseries et de pains sortis du four.

Ils déjeunent avec appétit, dans l'oubli du monde et de tout ce qui n'est pas eux. Immergés dans cette bulle naissante d'un « nous » nouveau, composé d'Yffic & Espéranza. Elle parle avec cette volubile excitation qui anime son sang espagnol, mange en grappillant de petits bouts de croissant, pétillante d'une gestuelle pleine de mimiques et d'agitation. Il la contemple, sans rien dire. Seul un imperceptible sourire détend son visage âpre, buriné par toute une vie passée sur les mers du globe, un sourire tendre, joyeux, qui s'étend jusque dans son regard bleu, qui pour l'heure a abandonné toute froideur, le faisant scintiller de mille étoiles.

Plus rien n'existe en dehors d'eux.

Chapitre 10

"Le repos est un rêve; la vie est un orage."
George Sand

Soudain Pablo lève la tête de sa gamelle, grogne puis se précipite en aboyant alors qu'on toque à la porte d'entrée. Tirée de sa bulle, Espéranza bougonneen espagnol, lance un coup d'œil contrarié à Yffic, mais se lève néanmoins.

D'un geste brusque, elle ouvre la porte. Sur le perron se tient un homme à l'âge indéterminé, à la fois cassé par les ans et aussi robuste qu'un chêne battu par les tempêtes. D'un pas déterminé il entre dans la maison, agitant un journal :

— Tu as lu le Télégram ?

Ne cherchant même pas à masquer son agacement, Espéranza lâche d'un ton sec :

— Non !

S'avisant de la présence du marin, l'homme lui tend une main affable assortie d'un :

— Salut Yffic ! J'ai vu le « Mickaël » sur le ponton. Tu es rentré depuis longtemps ?

— Bonjour Gwilherm ! Non quelques jours à peine. Je suis revenu pour les obsèques…

Il n'en dit pas plus. C'est déjà bien suffisant.

Il connaît Gwilherm depuis toujours : il était un ami de son père. Lui était devenu pêcheur, patron

de son chalut tandis que son père avait choisi la marine nationale. Deux destins bien différents, mais unis par une amitié bourrue indéfectible.

— Tu veux un café Gwilherm ? Propose Espéranza, qui sait déjà que leur petit cocon de douceur va devoir attendre un peu avant de se reconstituer.

— Oh oui volontiers ! s'exclame l'octogénaire en s'asseyant d'autorité sur une chaise.

Espéranza place une tasse remplie de café devant lui, tandis qu'il s'exclame, étalant le journal du matin sur la table :

— Vous n'avez donc pas vu les nouvelles ? On ne parle que de ça !

Qui est ce « on » mystérieux, ils l'ignorent. Gwilherm ne leur laisse cependant pas l'opportunité de placer un mot. Il poursuit :

— Ils ont trouvé un corps sous la terrasse de l'hôtel ! De l'hôtel de la mer ! C'est celui certainement d'un homme, puisqu'il portait un uniforme de la Wehrmacht ! Vous vous rendez compte !

Les voilà brutalement ramenés à la réalité. Ils se regardent, cherchent un contact, un ancrage doux dans ce brusque retour au monde. Yffic effleure la main d'Espéranza, à peine un frôlement aussi ténu que celui d'une aile de papillon, mais qui suffit cependant à les rassurer l'un et l'autre.

Obnubilé par l'événement, Gwilherm ne remarque rien, et poursuit avec verve :

— Un boche qui a pourri là depuis tout ce temps !

Il boit une gorgée de café, avant de reprendre, ignorant le silence de ses interlocuteurs :

— Apparemment il serait mort brutalement : son crâne est défoncé et sa nuque brisée. Je le sais par mon petit-fils qui est pompier et qui a aidé à transporter le corps.

Yffic et Espéranza se dévisagent, partageant les mêmes pensées, celles qu'ils n'osent exprimer à voix haute, celles qu'il leur faudra garder closes quoi qu'il advienne. L'évidence de ce qui est survenu un jour sombre d'occupation. Est-ce à la fin de l'année 1940 ou bien au début de 41 ? Sa mère est née au printemps 41, lors de bombardements alliés sur la côte bretonne : la terrasse était déjà coulée, le béton répandu sur le soldat. Que s'était-il passé exactement ? Qui a frappé ? Il imagine aisément les capacités nécessaires, non seulement physiques, il n'est pas si facile de tuer un homme, mais aussi et avant tout mentales. L'être humain n'a pas vocation à occire ses congénères ! Il faut pour cela un tempérament bien particulier ou une colère incontrôlable.

Yffic le sait mieux que quiconque…

Sans doute ce jour-là, ce jour fatal ce fut la colère, une colère irrépressible, inimaginable qui a mue la main de l'homme qui a frappé le soldat allemand. Une main rude, portée par un bras à la solidité éprouvée par toute une vie à se colleter à l'océan. Il imagine aisément son trisaïeul dans ce rôle, avec sa stature imposante de marin pêcheur et son regard d'un bleu polaire, reflétant une personnalité à la fois droite, entière et fière. Tad-kozh encore capable à plus de quatre-vingt-dix ans de remonter un casier plein de crabes ou de langoustes. Tad-kozh qui avait dû devenir fou.

Sans doute se sentait-il responsable de la petite Jeanne pendant que son père, son propre fils embarqué sur un navire de la marine nationale, défendait encore son pays depuis l'Angleterre ou peut-être quelques ports coloniaux. Tad-kozh qui n'avait certainement pas été seul afin de creuser le trou, traîner le corps et tourner le béton. Combien savaient et avaient jusqu'au bout, gardé le silence sur la réalité de la terrasse qui était une tombe… Une vague d'admiration déferle sur le marin, lui dont la vie est cousue de secrets qui ne lui appartiennent pas : il sait toute la difficulté de se taire. Ces hommes à la fois bourrus et rudes prennent tout à coup une autre dimension en ayant eu le cran d'appliquer la loi du Talion, de s'élever contre l'ordre et la force brutale qui occupait la Bretagne, ainsi qu'une bonne partie de la France à ce moment-là. Quel courage et de quelle trempe ont-ils fait preuve !

Pourtant un détail de la présence de cet homme, venu d'un lointain Länd allemand, lui échappe encore. Espéranza le dévisage, soudain très pâle sous son hâle doré. Elle glisse sa main fine, aux doigts constellés de taches multicolores, sur celle du marin, et la serre avec assez de force pour qu'elle puisse l'assurer de son soutien indéfectible. Il tourne la tête vers elle, croisant son regard de gitane. Il y lit tout ce qu'il ne veut pas, sur les conséquences de la présence du soldat assassiné : pour Jeanne, pour sa mère et aussi pour lui-même.

Marie qui était une si jolie blonde aux yeux couleurs de lavande, Marie qui avait une peau à la blancheur d'albâtre, si loin de celle des habitants du coin… Marie qui ne ressemblait à personne de par ici et Jeanne qui ne s'était jamais

mariée et avait préféré confier sa fille à un pensionnat tenu par des sœurs.

Bien sûr un jour nouveau éclaire sa famille, cette famille qu'il imaginait naïvement, sans doute, bâtie sur des bases inexpugnables. Voilà qu'il aurait une goutte de sang allemand ! C'est si improbable, si stupéfiant, qu'il s'étouffe presque en avalant une gorgée du café qui a refroidi.

À voix haute, il murmure, presque pour lui seul :

— Heureusement, maman n'a rien su de tout ça…

Gwilherm pense au corps et l'approuve d'un mouvement de tête, cependant Espéranza sait que ce n'est pas tout à fait de ça dont parle le marin, mais bien du fait qu'elle ait pu ignorer jusqu'au bout ses indubitables origines germaniques et toute l'horreur que sous-entend sa conception…

Ses doigts se referment un peu plus sur la main rude et calleuse du marin. Elle ne peut rien faire de plus. Il faudra qu'il accepte cette part sombre de son histoire. Il relève la tête, capte le regard d'Espéranza et s'y accroche avec l'impression de couler et de se noyer. Soudain elle lui semble la seule stabilité au milieu de la tempête qui chahute son monde.

Gwilherm s'aperçoit enfin, de leurs mains nouées et de leur visible complicité. Une compréhension de la situation le secoue. Il pâlit, rougit dans la même seconde, tout en balbutiant, gêné :

— Mais je vous ai dérangé ! Je suis désolé !

Avec embarras, il se lève précipitamment, bouscule la table et s'enfuit sur un « Kenavo » effaré, refermant la porte sur ses talons.

Sa débandade a au moins le mérite de détendre l'atmosphère, assombrie par ce retour au réel.

— Le pauvre, il s'attendait à tout sauf à te voir ! glousse Espéranza, tandis qu'Yffic retenant un éclat de rire, s'exclame à son tour :

— C'est clair ! Surtout me trouver en si bonne compagnie…

Tout à coup, elle se lève et se glisse sur ses genoux, à la fois sérieuse et tendre. Il lui semble voir Natcha. Elle le dévisage quelques instants, ses yeux noirs, ses yeux de gitane sont pleins d'étoiles et brillent d'un feu qui n'existait pas hier.

— Toi et moi, est-ce si improbable que ça ?

Il se perd dans son regard céleste, ne sachant que dire, que répondre. Il y a moins d'une semaine, il ignorait lui-même qu'il remettrait un pied à Kerporzh, alors présager d'une telle rencontre encore moins !

Elle lui renvoie un sourire, noue ses bras autour de son cou, tout en chuchotant :

— Toi et moi, c'est le Destin, Dieu, les Anges et sans aucun doute Marie qui ont tout fait pour ça…

Il ignore quelle force l'a poussé vers Kerporzh, il ignore pourquoi il est revenu et peu importe d'un Dieu quelconque ou il ne sait quels Anges ou Diable. Il ne sait qu'une chose : il est là ce matin, dans une réalité changée et seule ce bout de femme, qui sent la peinture et la térébenthine, lui paraît un îlot concret, stable, au milieu des sables mouvants que semble devenir sa vie. Sans même chercher à réfléchir, il referme ses bras autour d'elle, et la serre contre lui, en une étreinte débordante de désarroi et d'une tendresse farouche.

Leurs lèvres se cherchent, leurs bouches se prennent. Peu importe du reste : la maison à vider, les nouvelles du monde et les secrets dévoilés : ils ont une soif d'amour à étancher et un univers à inventer.

Chapitre 11

La maison et les effets de Marie ont patienté une journée supplémentaire, avant qu'Yffic et Espéranza se décident à se préoccuper à nouveau de leurs sorts. Ils avaient eu bien d'autres urgences à s'occuper !

Le marin file en vitesse nourrir ses amis, qui l'attendent sur le ponton. Natcha est assise sur son popotin dodu, et seul le mouvement saccadé de sa queue, révèle son état d'esprit. Elle le considère de son regard d'or et l'accueille d'un « miaou » sec. Serge, se tient quant à lui, en boule sur le toit, position parfaite pour une vue dégagée sur le port. En l'apercevant il pousse un cri disgracieux, mais rempli d'une joie vibrante.

Au moins un, qui est content de me voir, songe Yffic en retenant une brusque hilarité.

Depuis qu'il connaît la peintre espagnole, il se surprend à renouer avec son tempérament joyeux, si longtemps comprimé, qu'il le pensait disparu. Voilà qu'il rit à nouveau, pour des riens qu'Espéranza qualifierait pourtant d'essentiels. Une sorte de plénitude mêlée de joie a remplacé la colère, palpitante, qu'il traîne depuis trop de temps. Avec stupéfaction, il ne la sent même plus vibrer au fond de son âme, compagne fébrile et terrifiante. Tout à coup, il peut respirer à nouveau, comme si, toutes ces années il n'avait vécu qu'en brefs halètements, qu'en minces expirations et qu'aujourd'hui voilà que l'air peut à nouveau entrer à flots dans sa poitrine.

C'est en sifflotant sur l'air de la chanson « Dans les prisons de Nantes » qu'il monte à bord et suivi par les animaux, il se met en mesure de remplir leurs estomacs insatisfaits. Après quelques caresses à Natcha qui les accepte avec une grâce princière, il prend une douche, change de vêtements et repart aussitôt.

Il retrouve Espéranza dans la maison de Marie, au milieu des cartons et d'objets qui ignorent encore leur destin. Parmi le capharnaüm, elle est là, aussi radieuse qu'une étoile. En entendant ses pas liés à sa démarche atypique, elle relève la tête, repoussant la masse soyeuse de ses mèches dorées. Elle sourit, et ce sourire, unique, qui n'est destiné qu'à lui seul, trouve la faille de son armure, s'y engouffre et le transperce. Il se croyait immunisé, presque blindé contre les turpitudes du cœur, et voilà qu'il est à nouveau un adolescent ! Il a suffi à cette femme gitane de croiser son regard pour réduire en poussière toutes ses barrières. Avec elle, il se retrouve, redevient celui qu'il était, celui qu'il est encore : plein de rire, de passion et de douceur.

Il s'avance, enjambe des cartons et la prend dans ses bras. Elle fond contre lui, son corps fin, presque délicat, abandonné à son étreinte avec une confiance telle, qu'il en frémit. En si peu de temps, ils sont dans une réciprocité de sentiments qui est une évidence. Entre eux tout est simple,

tout est juste. Auprès d'elle il peut souffler, enfin. Il sait, sans qu'elle ait besoin de lui dire, qu'entre ses bras, à son tour elle peut aussi respirer. Il ignore tout de sa vie, pourtant il sait tout d'elle. Il lit toute une vie d'efforts, de difficultés, d'abus sans aucun doute, dans chacun de ses gestes, dans chaque parcelle de son corps gracieux. Il peut discerner ses luttes, ses renoncements, ses sacrifices. Toutefois, aujourd'hui ses luttes appartiennent au passé, c'est ce qu'il voudrait lui murmurer, mais il ne sait pas exprimer les mots qu'il faut, ceux qui rassurent. Alors il glisse dans le creux de son oreille, perlé d'un peu de peinture azur :

— Je suis là…

Il la sent exhaler un long soupir, celui d'une respiration bloquée depuis tant de temps et des poumons qui vont pouvoir à nouveau fonctionner pleinement. Il perçoit sa libération. C'est tout à coup comme un nuage sombre qui s'envole, disparaît et la laisse pure, rayonnante, prête pour un nouveau chapitre de sa vie. Un chapitre où la confiance et le respect seront maîtres. Peu importe du passé ! C'est aujourd'hui qui compte ! C'est ce qu'il veut, ce qu'il souhaite, avec une ferveur presque désespérée, qui le prend de court.

Elle l'embrasse et ils n'ont plus d'âge, hors celui de leurs cœurs qui revivent. Puis elle chuchote :

— Tu te sens de trier tout ça ?

À tout avouer, un coup d'œil au chantier qui les attend, le démoralise. Chaque objet qu'il touche, c'est un peu de sa mère qui s'en va. Ce matin il n'a ni l'envie ni le courage pour ça. Il a plutôt soif de légèreté et de réconfort.

87

Il hausse une épaule déjà accablée :

— Pas forcément…

Puis sans même qu'il l'ait voulu, il lui propose :

— Et si on partait plutôt faire l'école buissonnière ? Viens, on file en mer. Il fait beau, la marée est optimale !

Surprise, elle ne sait que répondre. Son cœur s'affole auprès de cet homme, mi-ange mi-démon, lui faisant perdre tous ses moyens, la laissant balbutiante comme une enfant de quinze ans à son premier rendez-vous. Du reste peu importe ! Son regard répond pour elle !

Prenant sa main, il l'entraîne vers le port, au travers des ribines pavées. Son propre cœur bat la chamade. Il a conscience qu'il va lui montrer son bateau et la faire monter à son bord.

Ce seul détail, d'apparence, anodine, le bouleverse. Cependant alors qu'elle aborde le ponton d'une démarche assurée, sans doute n'est-ce pas la première fois qu'elle foule ces planches mouvantes, une vague de bonheur pur l'inonde, noyant ses réticences, annihilant sans aucune équivoque ses ténèbres. Il saute à bord du « Mickaël » et lui tend la main, afin de l'aider à grimper sur le voilier.

Il y a le clapot de l'eau contre la coque, le lent dodelinement du « Mickaël », le soleil qui pointe entre deux nuages et son parfum, à elle, qui flotte et le bouleverse. Avec assurance elle pose ses pieds sur le pont en teck, se déchausse avec naturel, et se tourne vers lui, un sourire radieux illuminant son visage.

— Ton voilier est magnifique !

Il approuve d'un simple haussement d'épaule, songeant qu'en cette seconde, c'est elle qui est magnifique. Il l'attire contre lui, glisse ses lèvres

sur les siennes, incapable de cacher le tumulte de ses émotions. Enfin, il murmure d'une voix qu'il voudrait détacher :

— On y va ?

Tressautant de pur bonheur, elle s'élance vers les amarres, tout en s'exclamant :

— Droit vers le large !

Il n'a nul besoin de lui expliquer quoi que ce soit : avec un naturel issu d'une longue pratique, elle détache les bouts, les love sur le pont. Chacun de ses gestes est sûr, précis cependant que sa mince silhouette, souple, délicate, transforme l'appareillage en un instant de grâce.

Voilà bientôt le voilier qui, après avoir traversé le port à moindre allure, hisse ses voiles et s'élance, libre et sauvage comme un mustang, au travers de l'immensité. Le ciel se dégage tandis qu'un vent porteur d'embrun l'entraîne avec force vers l'horizon. Le voilà sortant déjà de la baie, formée par des falaises en granite sombre, qui tranche sur le vert touffu des bruyères à peine saupoudré du rose des ultimes fleurs, laissant tout au fond le village ramassé sur lui-même. Yffic est à la barre, concentré, percevant le moindre mouvement du bateau, observant la mer, le vent, le ciel. Rien ne lui échappe : ni Serge qui vole en poussant des cris de joie, ni le cargo au loin qui s'engage vers Brest et encore moins Espéranza, posée à l'avant, ses cheveux balayés par le vent, figure de proue vivante, éblouissante.

Le vent s'engouffre dans la voile, la tend et la gonfle tout autant que le cœur d'Yffic se tend et se gonfle de plaisir, d'un bien-être pur, de sensations oubliées qui l'abasourdissent. Puis Espéranza se retourne, et d'une démarche souple, s'adaptant

aux déplacements du bateau, elle le rejoint dans le cockpit.

Il lui retourne un sourire, en lançant d'un ton qui cache mal son trouble :

— Tu en as eu marre des embruns ?

Elle éclate de rire, un rire perlé d'un bonheur pur d'enfant, passe une main sur son visage humide, repousse ses cheveux emmêlés et l'enlace, déposant un baiser dans son cou. Il frissonne, entoure sa taille fine, et l'embrasse à son tour. Il voudrait que cet instant s'étire et dure pour l'éternité. Tout est si parfait : le vent, le « Mickaël » qui file sur les vagues, la voile tendue qui les entraîne, même les cris de Serge sont un délice et cette femme gitane, là, dans ses bras, qui l'inonde de tendresse et le ramène à la vie.

— Je t'emmène vers un coin que j'aime particulièrement, où j'allais pêcher avec mon père. Une crique formée par une poignée d'îlots et de rochers.

Une heure plus tard, ils abordent un chapelet de rochers râblés, à demi immergés, battus par les flots et le temps. Le plus vaste est couvert d'une végétation rase de bruyères et d'herbes courtes. Des nuées d'oiseaux marins nichent dans ce paradis perdu. L'ensemble forme une crique abritée, aux eaux étales d'un bleu turquoise, confondant.

Yffic affale la voile, et jette l'ancre dans ce calme presque surréaliste. Le « Mickaël » semble voler au-dessus d'un autre monde. L'eau, translucide, emporte le regard vers de lointaines profondeurs, découvrant des bancs de

maquereaux, des crabes en escarmouches sous une roche, une forêt d'algues qui se balance avec souplesse, tandis qu'un bar, file sous la coque du voilier.

Immédiatement l'esprit de la peintre s'éveille. Elle pousse une exclamation enthousiaste, sort un carnet de croquis de son sac, vieille besace informe dans laquelle elle trimballe un fourre-tout indispensable. Yffic ne peut s'empêcher de sourire, touché par son naturel, heureux qu'elle apprécie l'endroit, le moment. De son côté, plus prosaïque, il sort son matériel de pêche, monte une ligne sous l'œil intéressé de Serge qui a rejoint le bord, et s'est posé sur le toit de la cabine. Il ne perd pas un geste du marin. Natcha se complet quant à elle, dans une pseudo indifférence, étalée de tout son long sur le pont en bois, brûlant de soleil. Elle est la spécialiste des attitudes dédaigneuses !

Un temps s'écoule, lorsque soudain Espéranza est tirée de son extase artistique par une odeur délicieuse et une voix qui la hèle. Elle sursaute, un brin hébétée, ayant presque oubliée où elle est. Son estomac se met tout à coup à gargouiller vigoureusement, la rappelant à la réalité. Depuis la cabine, Yffic l'appelle. Elle range le carnet, se lève en chancelant, un peu engourdie par la position dans laquelle elle est restée trop longtemps.

Elle entre dans la cabine, tirée par l'arôme exquis qui s'en échappe. La table est mise, le marin dépose un poisson grillé sur un plat.

— Il est temps de manger ! S'exclame Yffic tout en lui désignant la banquette où prendre place.

Elle se laisse choir, soudain affamée.

Yffic découpe le poisson avec une habileté issue d'une longue pratique. Elle contemple chacun de ses gestes, précis, assuré, découvrant un aspect de cet homme qu'elle ignore. Elle se surprend à vouloir tout connaître de lui, avec une curiosité portée par son âme d'artiste qui lui permet de s'extasier sur la moindre chose. Elle est aussi, dans le même temps, entraînée par son cœur qui s'affole auprès de cet homme.

Heureusement, pour l'instant, manger passe avant tout autre considération !

L'assiette abondamment garnie qu'il place devant elle, est à cette seconde, plus pressante que toutes les questions qu'elle amasse et rêve de lui poser. Dans un silence bercé par le roulis du « Mickaël », les piétinements de Serge qui s'impatiente sur le toit, ils savourent le repas pêché et préparé par le marin.

— C'est une dorade, précise-t-il entre deux bouchées.

— C'est délicieux ! lui retourne-t-elle, le regard brillant d'un plaisir gourmand.

— C'est juste vite fait, grillé quoi… Fait-il, modeste. À bord il n'est pas trop possible de faire des grands plats !

— Grand plat, ou pas, c'est exquis !

Le compliment, sincère, lui va droit au cœur. Il aime cuisiner, depuis tout petit. C'est en quelque sorte un acte d'amour, un cadeau, de mitonner de bons plats pour ceux qu'il aime. Elle, il souhaiterait l'emporter vers des paradis de saveurs et de douceurs culinaires. Elle semble néanmoins déjà satisfaite avec le poisson ! Il se repaît de la voir manger avec tant d'appétit et tout à coup, l'idée subite qu'il a eue de la faire monter sur le « Mickaël » ne paraît plus si insensée et

prend toute sa valeur, toute son importance, étrange, sidérante, presque effrayante.

Il l'observe déguster son poisson, trier les arêtes, se régaler de la chair tendre, savoureuse. En la regardant, nulle peur ne vient lui susurrer des mots néfastes, des mots de fuite, des mots de méfiance. Son cœur, n'est empli que d'une sérénité totale, plein de joie et de soleil. Cela fait si longtemps qu'il n'a plus éprouvé ça, qu'il n'a plus écouté son cœur. Et aujourd'hui, quelle folie sublime l'a conduit à l'amener ici ? Il l'ignore, il ne comprend d'ailleurs plus grand-chose à ses propres réactions depuis qu'il a, à nouveau, mis le pied à Kerporzh !

Est-ce grave ? Il se rend compte aussitôt que non, qu'il peut se laisser porter par la vague, accepter où le vent le pousse, sans lutter. Les bourrasques, folles, l'emmènent vers cette femme, mi-elfe mi-gitane, cette femme soleil et mystère à la fois, cette femme de vie et de couleurs.

— Tu disais que tu étais originaire du nord de l'Espagne ?

— Oui c'est ça ! Approuve-t-elle, entre deux bouchées. Mon père était charpentier de marine. J'ai grandi sur des bateaux, je crois que je sentais le vent avant même de savoir marcher ! J'aime tant la voile ! Un voilier c'est un oiseau des mers, qui vole sur les flots, libre, sans entrave.

Il la dévisage, fasciné, admiratif, tandis qu'une sorte d'allégresse balaye son âme, le faisant sourire comme un enfant. Il a tant rêvé rencontrer une femme, une compagne qui comprendrait ce qu'il ressent en mer. Nathalie avait la nausée, à peine posait-elle un pied sur le ponton ! Alors ne parlons même pas de l'emmener en dehors du port ! Les rares sorties qu'il s'était évertué à lui proposer, avaient toutes tourné au fiasco : elle était à la fois malade et terrifiée par chacun des mouvements du voilier, chaque clapotis, chaque bruit ou claquement des haubans. Et voilà qu'à présent qu'il ne veut plus rien, plus que le calme et l'océan, cette femme entre dans sa vie, prête à la bousculer et, il le pressent, à répondre à ses rêves d'antan. Néanmoins, il ne doit pas trop s'emballer et garder la tête froide.

Il termine son assiette en quelques coups de fourchette, ce qui lui permet de reprendre son sang-froid, du moins partiellement !

— Tu as employé le passé pour parler de ton père…

Prise de court, elle reste la bouche ouverte, stupéfaite qu'il ait noté ce détail, infime, que nul n'aurait relevé. Son cœur bat soudain plus vite, plus fort : que va-t-elle dire ? Elle hésite une fraction de seconde, avant de se lancer :

— Oui, tu as raison, mon père est décédé. Il nous a quittés il y a à peine plus de deux ans. C'est un trou énorme dans mon cœur, un tel vide… Je comprends tant ce que tu peux ressentir aujourd'hui avec la perte de ta maman.

Il la dévisage, lit sa tendre compassion tandis qu'elle pose ses doigts sur les siens. Il ne répond rien, Puis demande :

— Que lui est-il arrivé ?

— Il n'était plus tout jeune, il continuait à sortir en mer chaque jour, il a fait une crise cardiaque, seul sur son bateau.

Il serre un peu plus sa main sur la sienne tout en murmurant :

— C'est une belle fin pour un marin…

Elle hausse une épaule, les larmes aux yeux, de chagrin et de soulagement de se savoir comprise :

— C'est ce que je me suis dit aussi. Au moins il est parti en mer, même s'il était loin de chez lui, la mer c'était quelque part sa maison.

— Loin de chez lui ?

Elle se tend une fraction, pince les lèvres et se morigène intérieurement : elle a toujours eu la langue bien trop pendue, ça la perdra ! Et cet homme, là, avec son regard calme de labrador, note tous les plus infimes détails. C'est presque flippant !

— Euh… Oui, bafouille-t-elle tout en se torturant sur ce qu'elle va bien pouvoir ou vouloir dire.

Patient, d'apparence tranquille, il attend. Le « Mickaël » roule imperceptiblement sur l'eau étale, rien ne vient troubler le moment. Alors, elle se lance après avoir pris une longue inspiration.

— Je ne suis pas venu ici, en Bretagne et dans ce village-là, par hasard. C'est ce que tout le monde pense, parce que les artistes sont des personnes bizarres ! En fait pas du tout ! Pour ma part je suis organisée et réfléchie et si je suis arrivée à Kerporzh, c'est pour une raison précise.

Il la considère avec un intérêt accru, tandis qu'elle poursuit :

— Mon père était originaire d'ici…Il s'appelait Louis Postec.

Voilà, elle a lâché la bombe qu'elle pensait ne jamais révéler, celle qu'elle gardait cachée au fond de son âme, celle qui l'avait troublée toute sa vie, du moins à partir de l'instant où elle l'avait apprise. Elle devait avoir une douzaine d'années. C'est au détour d'une banale conversation qu'elle

avait compris que son père n'était pas espagnol, comme elle, comme sa mère. C'était si étrange ! Elle ne s'était pas poséé la question, son père, bah c'était son père quoi ! Là, en une seconde, elle avait réalisé que tout un pan de la vie de cet homme était un mystère. Soudain il était un inconnu, il n'était plus ce papa rieur plein de blagues, mais un être cachant quels obscurs secrets ?

Sans plus hésiter, elle raconte tout à Yffic : la révélation d'une partie de ses origines, comment elle avait de fil en aiguilles, démêlée la pelote de non-dit et remonté jusqu'à la vérité, du moins une partie de celle-ci. Peu après son décès, se rendre à l'endroit qui l'avait vu naître et grandir, avait été une évidence qui s'était imposée à elle. Elle pensait rester quelques jours, et voilà qu'elle est là depuis deux ans... Elle est tombée amoureuse de ce lieu où, étrangement ou pas, elle se sent chez-elle. Elle n'a pas forcément de plan, elle est bien, le lieu l'apaise et pour le moment c'est suffisant.

— En fait, je suis venue pour plusieurs raisons : connaître l'endroit qui a vu grandir mon père, c'est vrai, mais aussi savoir pourquoi il en est parti, pourquoi il ne parlait pas de son pays, de son village. Pourquoi il n'est jamais revenu ? Ces questions m'ont tant obsédée et me tourmentent encore...

— Tu n'as pas eu de réponses, depuis deux ans ?

— Hélas non... Les gens sont plutôt taiseux ici. Ils ne dévoilent pas grand-chose, et surtout pas aux étrangers ! Et puis les personnes de l'âge de mon père sont de plus en plus rares, la mémoire se perd. Je ne sais pas si j'aurai une réponse un jour...

Chapitre 12

"Nul ne peut être loué de bonté, s'il n'est pas
capable d'être méchant. "
La Rochefoucauld

Il se tait, se renverse sur la banquette, sort un paquet de cigarettes, en allume une, tout en réfléchissant aux révélations d'Espéranza. Il voit combien lui dévoiler cette histoire lui a coûté. Il se sent soudain honoré, ému, presque troublé par cet aveu de confiance. Il ne sait pas vraiment quoi lui dire, lui répondre. Il n'a aucune explication ni aucun renseignement à lui fournir : il ignore qui est son père, son nom ne lui dit absolument rien. Si sa mère avait été encore là, sans doute aurait-elle su… Sa mère. Une bouffée de tristesse l'inonde qu'il tente de noyer dans la fumée de nicotine. En vain.

— Tu as essayé d'en parler avec ma mère, demande-t-il, plus pour meubler le silence qui s'étire, que pour autre chose.

Espéranza hausse les épaules :

— Oui, une fois j'ai abordé le sujet. Elle s'est levée brusquement et a juste dit qu'elle ne savait pas qui c'était. Elle semblait mal à l'aise. Je n'ai pas osé lui poser plus de questions… J'aurais peut-être dû, mais bon.

Il la voit s'effondrer imperceptiblement, perçoit son découragement. D'un geste sec, il écrase la cigarette dans son assiette et attire Espéranza contre lui. Il ne peut rien faire d'autre que l'assurer de sa tendresse et de sa compréhension. Elle fond contre lui, si douce, si menue qu'il entoure sa taille d'un seul bras. Elle soupire, rassurée, apaisée par cet homme qui sait faire naître entre eux, une alchimie étrange, inconnue, qu'elle a cherché toute sa vie. Tel un vaisseau perdu dans les tempêtes océaniques, entre ses bras, elle a trouvé son port. Tant pis si elle ne parvient pas à connaître la vérité et savoir qui était Louis Postec. Il était son père, sans doute bien d'autres choses aussi, mais tout à coup cette quête qui l'a tenue, imprégnée depuis si longtemps, se dilue et s'efface. Le plus important c'est cet homme, ce marin bourru, solitaire et certes abîmé par une vie dont elle a peur de connaître les détails, mais qui envers et contre tout reste fort et résolu. L'important à présent, ce sont ces mains sur sa peau qui la font frémir, ces bras qui l'enserrent et qu'elle sait qu'ils ne la lâcheront en aucun cas. De ça elle en est convaincue, même si cela ne fait que quelques courtes journées qu'elle connaît Yffic. Intuitivement elle sait. Peu importe du temps, il n'est que relatif et ne s'accorde pas à la temporalité des cœurs.

Yffic, elle le connaît depuis toujours, il est son alter ego, celui que son âme cherchait en vain. Celui qu'elle espérait trouver en chacun des hommes qu'elle a croisés, parfois aimés. Aujourd'hui, plus rien ne compte que lui, qu'elle, au centre de ses bras et qu'eux deux, fusion de tendresse, de calme, et de soulagement rasséréné. Elle le sent souffler à son tour. Ses épaules se détendent, tandis que repoussant ses cheveux, il l'embrasse dans la nuque.

D'une voix, presque imperceptible, il murmure à son oreille :

— Maintenant je peux poser les armes… Et toi aussi ! Tout va bien aller à présent. Je te le promets…

Peut-on faire de telles affirmations ?

Peut-on prendre de tels engagements ? Qu'importe !

Son cœur parle et c'est bien l'essentiel du message qu'elle reçoit. Rien d'autre ne compte en réalité…

C'est Serge, qui à bout de patience, les ramène à une réalité plus prosaïque et bien moins passionnelle, en pénétrant dans le carré et en sautillant jusqu'aux arêtes qu'il fixe avec une gourmandise avide. Il va pour s'emparer des restes de poisson, lorsque Natcha se matérialise devant lui et lui souffle toute une colère de princesse outragée. Le goéland, outré pousse un cri furieux et sans doute la scène aurait-elle virée au pugilat si Yffic, d'un bond ne s'était interposé entre eux. Saisissant la chatte d'un bras, il lance d'un ton sec :

— Eh ça va bien tous les deux !

Puis il la dépose sur la bannette d'où elle dévisage Serge d'un œil courroucé.

— Et toi tu files dehors !

Serge lance un cri bref, avant de se dandiner hors de la cabine. Le marin attrape le poisson, du moins ce qu'il en reste, et va le poser sur le pont, récompensant la docilité de son compagnon ailé, pas toujours obéissant ! Puis il retrouve Espéranza, qui le contemple en retenant un éclat de rire qui danse cependant dans ses yeux.

— Défense de rigoler de l'éducation de mes enfants, lance-t-il en riant.

— Oh pas de risque pour ça ! J'ai assez de difficultés avec celle de mon saucisson canin, pour ne pas juger les autres ! S'exclame-t-elle vivement, avant d'ajouter. Tu vois encore ta fille ?

Il sursaute, pris de court. D'où connaît-elle Océane ? Puis il se souvient de sa complicité avec Marie, il est logique qu'elle en sache tant sur lui et lui si peu sur elle, dans un déséquilibre qui le trouble.

Océane.

Son prénom ricoche sur son cœur meurtri, le renvoie à un passé de bonheur diffus, d'incompréhensions et de choix sans doute malheureux, pourtant la seule évocation de son prénom fait vibrer en lui toute une palette d'émotions douces, pleines de tendresse et de fierté. Il a certainement eu bien des regrets dans sa vie, mais jamais celui d'avoir eu sa fille.

Océane.

Il se souvient de ses petits bras qui le tenaient fort, tandis qu'elle criait de joie, il la revoit trottiner nu-pieds sur le pont du « Mickael », toute brune de soleil, les cheveux dénoués, emmêlés par le vent, poisseux d'embruns et elle qui riait aux éclats lorsque le voilier se cabrait sur les vagues, nullement effrayée. Elle avait le pied marin, en ça elle lui ressemblait trait pour trait. Aujourd'hui aime-t-elle toujours la mer et les vagues ?

Cela fait dix ans qu'il n'a plus aucune nouvelle. Il l'a laissée lorsqu'elle était au lycée, elle avait dix-sept ans, à peine. Elle n'était plus une enfant, pas encore une femme et aujourd'hui la reconnaîtrait-il seulement s'il la croisait au

hasard ? Une bile d'amertume lui broie soudain la gorge.

Océane.

Cette petite boule gigotant de vie à laquelle il avait voulu offrir un nom frémissant d'aventures, de rêves et de liberté. Est-elle libre aujourd'hui ? Quelle vie s'est-elle construite ?

Percevant sa pâleur, ressentant sa tristesse, Espéranza, se lève et l'enlace, tout en murmurant, le cœur serré, se fustigeant de sa bêtise d'avoir réveillé certaines blessures :

— Désolée, je ne voulais pas te peiner… Cette question était bête !

Il secoue la tête, murmure, un vague :

— Ne t'en fais pas…

Il la serre contre lui, cependant qu'une houle d'émotions contradictoires l'inonde et le fait trembler. Il a manqué tant d'événements : il ne peut se rappeler de son premier sourire ni de ses premiers pas ou encore de son premier gazouillis, puisqu'il n'était pas là. Absent chronique, ombre ou fantôme, encore et toujours.

Aujourd'hui le voilà inlassablement muré dans ce rôle : celui d'un papa qui n'est pas là, ni pour elle ni pour personne hormis son devoir, ce sacro-saint devoir qu'il a suivi durant toute une carrière, à qui *in fine*, il a tant sacrifié, pour quelles raisons ? Il a offert tous ces moments précieux, tout son temps, pour d'obscures missions dont il n'est plus si fier. Pourtant, en quittant le service de l'État, il aurait pu se rattraper, hélas il n'a pas pu ou su et à nouveau il n'a pas été là pour elle… Ce n'était sans aucun doute pas un choix, une fuite indéniablement, dans un paradoxe presque cynique, lui qui de toute sa carrière n'a fui devant rien ni personne. Ce serait risible si ce n'était pas si triste.

Il n'a pas voulu cet enchaînement de faits, de circonstances, mais tels des dominos l'un a entraîné l'autre et le voilà maintenant à se demander à quoi ressemble son bébé…

Pathétique.

Il se sent tout à coup accablé, étreint par une détresse qui le ferait s'effondrer si les bras minces d'Espéranza, animés d'une force issue de son cœur, ne venaient l'entourer. Elle l'ancre avec toute sa tendresse, dans un monde de beauté et d'amour. Un monde de lumière. Sa présence seule le revigore, lui faisant croire, espérer, que tout est possible et que rien n'est irrémédiablement perdu ou gâché.

Avec une sensibilité accrue par son âme de maman, elle chuchote :

— Bien sûr que non, ça ne va pas bien ! c'est carrément normal ! Le contraire serait effrayant ! Tu es un être de chair, de sang et d'émotions et là non seulement tu viens de perdre ta mère, mais en plus tu viens d'apprendre des choses vraiment terribles sur tes origines, cela te ramène forcément à ta relation avec ta fille !

Il ne sait ni quoi dire, ni que lui répondre. Son cœur est bien trop agité, en proie à un tumulte qui le dépasse. Elle a sans doute raison et cette pensée le réconforte, tandis qu'elle poursuit de sa voix gorgée d'un soleil lointain :

— Océane va bien.

Il sursaute, soudain sur la défensive :

— Comment peux-tu dire ça ? Gronde-t-il d'un ton qui ressemble plus à feulement, qu'à un tout autre son.

Sans se démonter, Espéranza soutient son regard, souriante, nullement effrayée. Sans doute a-t-elle maté des tigres bien plus effrayants que lui !

— Elle est copine avec ma fille Luna. Elles se sont rencontrées un jour que Luna était venue me rendre visite, au tout début où j'habitais là. Océane était venue voir sa grand-mère, et voilà, tout simplement. Elles ont le même âge, elles ont sympathisé. Elles se sont trouvées plein de points communs et cette année elles sont même parties ensemble en Corse marcher sur le GR 20. Donc je peux t'affirmer qu'Océane va bien. C'est une jeune femme superbe, forte, sportive, elle te ressemble si ce n'est les yeux qu'elle a d'un brun qui oscille du marron clair au vert très doux. Elle est ingénieur à Ifremer, tu le savais, non ?

Il l'ignorait. Il ignore tout de ce qu'elle est devenue. Les nouvelles le bouleversent, le secouent tant, qu'il en a les larmes aux yeux : sa petite fille est ingénieur ! Non d'un maquereau !

Espéranza comprend. Elle l'enlace, le laisse souffler et assimiler ces informations toutes neuves, avant d'ajouter :

— Tu voudrais voir une photo ?

Pétrifié, il ne peut même pas répondre. Une photo de son bébé ! Il a supplié Nathalie de lui en envoyer, elle ne l'a jamais fait. Rétorsion basse, aisée, facile. Il a compris cette volonté de se venger de lui, en le privant de sa fille unique, mais comment aurait-il pu l'accepter ?

D'une main, Espéranza attrape son Smartphone logé dans la poche arrière de son jean. En quelques clics une photo apparaît : celle de deux jeunes femmes hilares en short et sac à dos. L'une est blonde comme Espéranza, elle a son regard de gitane, noir, intense, tandis que l'autre porte une queue de cheval d'un châtain doré qui éclaire un visage aux traits délicats.

Océane !

Il saisit le téléphone, tremble sans se rendre compte des larmes qui coulent et débordent.

Sa fille. Si belle.

Une houle de bonheur mêlée d'amertume le submerge. Il voudrait effacer le passé, remonter le temps et avoir l'opportunité de tout recommencer. D'agir autrement, de prendre d'autres décisions et cette fois, de ne rien louper de la vie d'Océane et plus important encore, être là pour l'épauler et la réconforter, être un papa qui existe et non une ombre…

Espéranza lit les émotions qui s'impriment dans ses yeux, parcourent son visage et son corps. Elle reprend doucement son téléphone, en disant d'un ton tranquille :

— Le passé est mort, il est inutile de te torturer avec ça ! Par contre tu peux agir sur le présent et changer le futur !

Il la dévisage avec une sorte de colère incrédule : que sait-elle de lui ? De ses affres et souffrances ? De ses blessures ? De ses renoncements ?

— Tu crois que c'est aussi simple que ça ? lâche-t-il dans un nouveau feulement.

D'une main tâchée de peinture, aux doigts si minces qu'on croirait ceux d'une enfant, elle lui caresse la joue, dans un geste d'une tendresse telle, qu'il sursaute. La barbe naissante du marin, crisse sous ses doigts. Un peu de dureté qui cache tant de douceur.

— La vie est simple si on la veut ainsi. Donc oui tu peux retrouver Océane et devenir le père que tu voulais être. C'est entre tes mains. Tu n'effaceras pas ce qui a été, mais par contre, tu as le choix du présent.

Il prend la main d'Espéranza dans la sienne, embrasse ses doigts menus, avant de marmonner d'une voix basse :

— Elle ne voudra pas me voir, de toute façon…

— Tssss laisse les autres libres de leurs choix, tout comme tu es libre des tiens ! Propose-lui et tu verras bien. Vous avez beaucoup à vous dire et plus encore avec le décès de Marie. Elle était très attachée à sa grand-mère. Elle venait souvent la voir, au moins une fois par mois si ce n'est plus. Vous avez besoin tous les deux de discuter et de parler de Marie.

Elle pianote quelques secondes sur son Smartphone, puis lance dans un sourire :

— Je t'ai envoyé son 06, tu en feras ce que tu veux !

Son cœur cogne dans sa poitrine, plus fort encore que dans les pires entraînements ou missions qu'il a vécus, toutefois il ne peut s'empêcher d'éclater d'un rire joyeux, improbable, qui fuse et l'emporte :

— Tu es incroyable comme nana !

— Incroyable en synonyme de pénible ?

— Oh que non ! Incroyable parce que tu es hors norme !

Il la prend dans ses bras, l'embrasse avec une envie de vivre nouvelle et s'écrie, prenant soudain conscience d'une évidence qui le trouble :

— Mais… Tu as dit que Luna avait le même âge qu'Océane ? Tu l'as eu à quel âge ?! Tu as l'air tellement jeune !

Elle éclate à son tour de rire :

— Si tu nous préparais un café, je crois qu'on en a besoin, et puis je te raconterai ma vie… si tu veux…

Chapitre 13

"L'amour maternel est le moins mièvre des sentiments. C'est avant tout un acte de résistance contre la férocité du monde."
Françoise Lefèvre

Les voilà installés à l'arrière sur les coussins confortables d'une banquette, pendant qu'un air léger, à peine un souffle, berce le « Mickaël ». Yffic verse un café fumant dans deux quarts bosselés par la vie, tandis que Natcha et Serge ont conclu une trêve et dorment étalés sur le pont. Sans doute fait-il trop chaud pour se disputer !

— Alors, ta fille ?

— Tu ne lâches pas facilement !

Il lui retourne un sourire goguenard, savoure une gorgée brûlante, et attend. Il sait être d'une patience que peu peuvent avoir.

— En vrai il n'y a guère de mystère j'ai eu Luna à seize ans. Par choix, je tiens à le préciser. J'ai toujours voulu avoir des enfants, et les avoir jeune. J'étais au lycée, mon amoureux était un peu plus âgé et travaillait déjà. C'était une décision réfléchie que je n'ai jamais regrettée. Comme tout le monde, il y a des choses que je voudrais changer dans ma vie, des décisions que j'ai prises, des choix que je n'ai pas faits, des situations dans lesquelles je me suis laissé enfermer, par contre mes enfants sont mon bonheur, ma fierté et quoi qu'il ait pu se produire avec leurs pères respectifs, je suis si reconnaissante de les avoir.

Il sursaute, incrédule. Un bébé, adolescente, et par choix ! Il se revoit à cet âge et ne peut imaginer le p'tit con qu'il était, être père ! Il a eu Océane à vingt-cinq ans et déjà le résultat n'est pas très probant, alors ado ! Il préfère ne pas imaginer ! Soudain il porte un œil différent sur la femme qui est installée en face de lui, les jambes ramenées sous elle. Il mesure sa force de caractère, et la volonté qui bout dans ce corps mince, d'apparence faussement fragile. Elle ne lui plaît que plus, même s'il réalise qu'il ignore tout d'elle ou peu s'en faut.

— Tes enfants ? Tu en as combien ?

— Quatre de trois papas différents : trois garçons et Luna, ma douce furie.

Il écarquille les yeux, pris de court.

Vraiment il va falloir qu'il en apprenne plus sur elle !

Sans doute n'est-ce pas encore le moment. Elle a une carapace qui la protège et qu'elle ne semble pas encore prête à abandonner. En effet, sans doute pour couper net à de nouvelles questions, d'un seul mouvement, elle se lève, pose sa tasse, enlève ses vêtements avant de s'élancer, avec un rire d'enfant libre, dans la mer translucide.

Interloqué, il la considère une fraction de seconde avec effarement avant lui aussi d'éclater de rire. Après tout, la vie n'a pas besoin d'être ni sérieuse ni pleine de règles ! D'un geste il balance à son tour jean et tee-shirt et plonge depuis l'arrière. La fraîcheur de l'eau, pourtant attendue, le saisit, mais il l'oublie aussitôt en croisant le regard d'Espéranza. Elle nage sans trop de

technique, bien qu'avec une grâce de naïade. Elle s'approche de lui, repousse la masse ruisselante de ses cheveux, qui la colle comme autant d'algues d'or, se love contre lui et l'embrasse avec un tel feu qu'il semble que l'océan s'embrase.

A-t-il déjà rencontré une femme comme elle ? Évidemment non ! Il était sans aucun doute beaucoup trop contraint par son éducation et l'image qu'il avait de lui-même pour s'ouvrir à une personne comme elle, dans laquelle la vie coule telle de la lave en fusion. Par chance, ces dernières années l'ont amené à percevoir le monde et lui-même, sous une autre facette, un autre éclairage. En dix ans et plus d'une demi-douzaine de tours du monde à la voile, avec le « Mickaël » ou en tant que skipper sur d'autres bateaux, il a eu le temps de réfléchir, d'évoluer et de s'ouvrir à d'autres influences, ce qui n'a pas été un mal, il doit l'avouer. Cette fuite, puisque cela en était une, a été en quelque sorte un bienfait : le voilà capable de laisser ses émotions s'exprimer et renouer un peu avec sa propre personnalité, celle de l'enfant rieur et aventureux qu'il était, avant que dogmes et ordres ne l'écrasent.

Avec un bonheur vif, il l'embrasse, resserre ses bras autour de son corps menu et l'entraîne sous l'eau. Elle ne se débat pas. Elle s'accroche juste un peu plus à lui, et dans une confiance absolue, ferme les yeux et continue à l'embrasser. Peu importe où il va, elle ira avec lui.

La température de l'eau a néanmoins raison d'eux ! Ils remontent à bord du voilier qui les attend avec docilité. Grelottante, elle rit tandis qu'il l'entoure dans un drap de bain aux couleurs des Antilles. Il la frotte avec vivacité, faisant circuler le sang avec une poigne telle, qu'elle se croit dans un shaker ! Elle se dégage, s'inquiète pour lui qui reste là, trempé à s'égoutter sur le pont :

— Sèche-toi ! Tu vas attraper la mort, le sermonne-t-elle de toute son âme de maman, qui s'alarme pour tout un chacun.

Il retient un sourire : ce ton aurait pu appartenir à sa mère !

— Ne t'en fais pas, j'ai connu pire et puis le soleil est chaud…

Évidemment, elle n'en a cure et à son tour, elle l'enveloppe dans un drap de bain et essuie l'eau qui ruisselle le long de son corps sec et musclé. Il a un mouvement pour la repousser, après tout il n'a pas besoin qu'on le choie comme un enfant de quatre ans ! Puis il se ravise : personne hormis Marie, ne s'est autant soucié de lui, c'est une expérience troublante et finalement plutôt agréable ! Avec douceur elle l'éponge, dans un mouvement qui est une caresse, tendre, qui le désempare, et le laisse frémissant. Sans pouvoir résister, il referme ses bras autour d'elle et lui prend la bouche dans un baiser brûlant. La serviette s'échappe des doigts d'Espéranza et tombe en corolle sur le pont en bois, sur lequel l'empreinte de leurs pas, humides, s'efface sous le soleil. Soudain il s'interrompt, relève la tête et se fige, le visage tourné vers le ciel, les sourcils froncés. Inquiet.

Il se tourne vers Espéranza qui ne comprend rien.

— Le vent tourne, les nuages arrivent, il va y avoir un grain dans peu de temps. Nous devons rentrer.

Il englobe son visage entre ses mains calleuses, usées par le maniement des bouts et des voiles, dépose un baiser sur ses lèvres avant

de s'élancer afin de remonter l'ancre et sortir les voiles. Espéranza le considère une seconde avec effarement, sans comprendre. Puis une rafale, venue de nulle part, la secoue et la gifle. Elle sursaute, sent enfin le vent sur sa peau nue, frissonne et réalise le danger. Sans plus réfléchir elle saute dans ses vêtements et file l'aider à hisser les voiles.

Bientôt le « Mickaël » glisse sur l'eau qui grossit et clapote en écume.

Yffic se tient droit, debout à la barre et dirige le voilier avec dextérité et souplesse. Assise dans un petit coin, Natcha qui s'est laissée amadouer entre les bras, Espéranza le contemple avec un regard neuf, plein d'admiration. À ses côtés elle se sent, elle se sait, en totale sécurité : rien ne pourra lui arriver. Elle qui se targuait d'être si sensible au monde, de percevoir le vent et la mer, voilà que cet homme, calme, âpre et un peu bourru, l'a recadrée : elle est une artiste, pour ce qui est du reste et en particulier de la navigation, elle n'est qu'un piètre amateur !

Malgré les bourrasques qui frappent le voilier et soulèvent la mer, elle se laisse aller sur la banquette, en totale confiance. Elle regarde ces mains posées sur la barre et exhale un souffle trop longtemps contenu, celui d'un soupir de soulagement. Cet homme, sans le savoir, elle l'a cherché toute sa vie, et aujourd'hui le voilà, debout, affrontant les éléments changeants, s'adaptant à la situation avec une efficacité tranquille et posée. Elle a envie de rire, de danser nue sur le pont, sous la pluie qui commence à tomber goutte à goutte. Elle ne le fera pas, non par pudeur, mais parce que Natcha à présent répandue sur ses genoux ne le lui permettra pas ! Ce n'est pas si grave. Ce soir elle peindra cette

111

scène, faisant fusionner le réel et les rêves. Sans doute, est-ce avant tout cela son métier de peintre : représenter l'inaccessible, colorer les songes et les pensées fugaces.

Enfin le port est en vue alors que le ciel noir, gonfle et enfle, plein d'une colère qui va s'éventrer en torrent. Le baromètre a baissé en quelques secondes. Sans les réflexes d'Yffic, ses connaissances fines du milieu, ils auraient pu se retrouver en mauvaise posture. Les voilà cependant au port, le « Mickaël » solidement amarré au ponton. La tempête peut venir, ils ne risquent rien !

— Désolé d'être rentrés si vite… s'excuse Yffic en attrapant son blouson décoloré et en se tournant vers Espéranza.

— Ne t'en fais pas ! Merci à toi surtout ! Sans toi, on aurait bien mal vécu cette fin de journée ! Nous voilà en sécurité, c'est bien tout ce qui compte !

Elle pose Natcha sur le plancher du carré. Cette dernière s'étire en râlant avant d'aller se réfugier dans la bannette où elle pourra bouder.

— Je vais rentrer retrouver Pablo, faire un feu et un thé : veux-tu m'accompagner ou préfères-tu rester ici à être mouillé et balloté ?

Il lui retourne un sourire. Sans répondre, il écarte son blouson et la prend contre lui, la protégeant, au moins partiellement du vent et de la pluie. La tenant blottie, ils parcourent les étroites ruelles du village tandis que la colère gronde au-dessus d'eux. La pluie, rabattue par le vent, les cingle en bourrasques agacées, néanmoins rien ne peut effacer le sourire qui illumine le visage pourtant rude du marin. Rien ne semble pouvoir étouffer l'éclat qui émane

d'Espéranza et éclaire les sombres ribines, pas même une tempête !

Malgré le froid, la pluie glacée qui s'infiltre sous le blouson, le vent gelé qui les chahute, ils voudraient que ce moment dure pour l'éternité. Elle se sent en totale sécurité, là, pelotonnée sous ce bras musclé qui la tient et ne la lâchera sous aucun prétexte. Elle le sait avec une conviction profonde, née elle ne sait pas trop où, peut-être de toutes les histoires que Marie lui a racontées, il n'y a pas si longtemps encore. De lui elle perçoit son essence, ce qu'il est dans une vérité, que certainement, peu doivent percevoir. Alors sous cette poigne, dans la tiédeur de ce corps qui gagne le sien, en dépit des éléments rageurs, elle se sent bien, apaisée, sereine et heureuse. Elle aurait envie de chanter et danser, même si ce n'est vraiment pas le moment ! Elle se laisse donc emporter au gré des larges foulées du marin, heureuse de le suivre, elle qui toute sa vie n'a été que rébellion. Sans doute est-on différent suivant les personnes qui nous accompagnent : chaque interaction faisant naître des réactions en soi-même allant du meilleur au pire. Avec Yffic, elle pressent qu'il magnifie en elle toutes ses qualités, c'est du moins ce qu'elle se dit, là, en trottant sous la pluie, les cheveux et les pieds détrempés.

Sans même le remarquer, ils passent devant l'hôtel de la mer, malmené par les éléments en furies. La porte s'ouvre, tandis qu'une voix les hèle :

— Eh Yffic !

Surpris, le marin se retourne, tenant toujours Espéranza d'un bras ferme. Pour rien au monde il ne la lâcherait. Sur le pas de la porte, il reconnait Hervé, l'un de ses amis d'enfance. Ils ont été de la maternelle au collège ensemble. Hervé a choisi

113

de devenir électricien, il a monté sa boite tandis qu'Yffic choisissait une autre voie.

— Venez vous mettre à l'abri ! S'exclame Hervé, en leur faisant signe d'entrer.

Yffic lance un coup d'œil à Espéranza : ses lèvres sont bleuies par le froid, il la sent grelotter contre lui. D'un hochement de tête, il s'engouffre dans l'hôtel restaurant, entraînant la jeune peintre à sa suite. La tempête va passer : autant patienter au chaud.

Son ami lui tend la main, un sourire ravi transforme son visage. Il les conduit à une table devant un poêle qui ronfle comme un animal familier.

— Installez-vous, je vais vous chercher quelque chose de chaud, puis tu me raconteras tes aventures : on a quoi ? Vingt, trente ans à combler, non ?

Yffic écarte une chaise, celle la plus proche du chauffage, y dépose Espéranza comme si elle était un vase Ming ou une petite chose fragile qu'un rien pourrait briser. Peut-être est-ce le cas et n'a-t-il pas tort. Elle sait qu'elle a de nombreuses fêlures et qu'un rien pourrait la casser, un rien venant de cet homme qui en quelques jours, quelques heures, a pris toute la place dans sa vie.

— Trente ans p'être pas, rigole Yffic en tapant sur l'épaule de son ami, détendu, ayant soudain conscience d'être à sa place, à sa juste place, là dans l'hôtel de sa grand-mère, avec cette femme soleil et gitane à ses côtés.

Hervé revient quelques minutes plus tard, portant un plateau chargé de thé, de cidre et de crêpes brûlantes : de quoi assurément redonner du tonus à n'importe qui !

— Alors, comment qu'c'est[1] ? Lance Yffic à son ami qui s'assoit et les invite à se servir.

— Bah je grossi comme tu vois, rigole Hervé. En fait c'est Gwenn qui cuisine maintenant : on a repris l'hôtel depuis quelques années. C'était un peu un pari au début, mais elle le voulait et tu sais comment elle est…

Yffic se souvient parfaitement de Gwenn une petite rouquine, leur cadette d'à peine quelques années, ce qui ne l'empêchait pas de suivre Hervé partout, attachée à ses pas comme une ombre ou une coque à son rocher ! Avec beaucoup de patience et d'obstination, elle avait fini par l'épouser son Hervé ! Sans doute qu'à présent, elle devait le mener à la baguette, mais il semblait s'en porter plutôt bien. Il rit à son tour, heureux de savoir que l'hôtel continue à vivre et à apporter du bonheur à ses propriétaires ainsi qu'à ses clients. Il a une pensée pour grand-mère Jeanne, qui de là-haut, doit se réjouir.

— Et toi alors, enchaîne Hervé en engloutissant d'une seule bouchée la moitié d'une crêpe dégoulinante de caramel au beurre salé.

— Comme toi je fais du lard !

Hervé lance un coup d'œil à la carrure solide et musclée du marin, avec une moue dubitative :

— Mouais du lard j'crois pas ! Qu'est-ce que tu as fait tout ce temps ? Ça fait combien de siècles que t'es pas revenu ?

Yffic hausse une épaule, sert une tasse de thé à Espéranza, dépose une assiette devant elle avec une crêpe, avant de dire :

— Ça fait dix ans…

---

[1] Cette formule utilisée par les bretons peut étonner la première fois qu'on l'entend. Il s'agit juste d'une salutation qu'on peut traduire par « comment ça va ? »

— Ah ouais quand même ! Ça passe si vite ! Et t'étais où ?!

— J'ai quitté la Marine, puis j'ai pris la mer avec mon voilier et voilà…

— T'as toujours le « Mickaël » ?

— Oui, absolument !

— Je me souviens lorsque tu l'as acheté : on était tous les deux à regarder le journal et voilà qu'il y a cette annonce avec un bateau qui porte le nom de ton père et toi qui te met en tête de l'acheter ! On avait quoi ? Vingt ans ? Vingt-deux ?

— Vingt-deux plutôt : j'étais déjà aux Commandos. J'étais venue pour une perm'.

— C'est ça ! Le bateau était pourri, mais tu étais têtu et tu l'as acheté ! Pas cher, faut quand même le dire, fait-il en lançant un coup d'œil à la peintre qui écoute tout en buvant le thé brûlant qui la réchauffe.

— Tu as mis combien de temps à le remettre en état ? Poursuit Hervé.

— J'ai dû mettre deux ans, mais je n'étais pas tout seul j'ai été pas mal aidé et soutenu, par mon père notamment et par beaucoup d'autres. C'était chouette. Depuis, bah j'ai fait je ne sais plus combien de fois le tour du monde avec : tu le verrais prendre le vent, c'est un oiseau !

Lorsqu'il parle de son voilier, son regard change, pétille, vibre. Espéranza ressent les mille émotions qui l'animent et ses doigts la démangent de tenir un crayon et d'esquisser quelques traits. Sans bruit elle repousse l'assiette, sort son carnet de croquis de son sac. Les deux potes discutent dans le léger brouhaha de la salle, perdus dans leur passé commun et leur amitié retrouvée. Ils ne font pas attention à elle. Elle peut à loisir saisir la scène, croquer l'expression d'Yffic, ses traits

rugueux et pourtant rieurs, chacune de ses rides, de ses cicatrices racontant une page de sa vie. Elle dessine, oubliant où elle est. Heureuse, détendue, un sourire illuminant son visage lui confère l'éclat d'une madone.

Hervé ressert du cidre et s'exclame :

— Et au fait, tu sais qu'on a trouvé le corps d'un boche dans le jardin ? Figure-toi qu'il moisissait sous la terrasse depuis la guerre !

Yffic réprime un sursaut, se contente d'hocher la tête, pendant que l'autre poursuit sur sa lancée :

— On a eu les flics, les experts et tout le bataclan : on se serait cru dans un film ! C'était n'importe quoi, surtout qu'ils nous ont empêchés de continuer les travaux : tout a été stoppé, tout ça pour un Allemand pourri depuis plus de 80 ans !

— Et tu sais pourquoi il était là-dessous ? l'interroge Yffic d'un ton neutre, qui va à l'encontre des émotions, violentes, qui l'embrasent.

D'un seul coup, il est renvoyé à cette année où Jeanne n'a que quinze ans, où elle va subir l'impensable, l'inconcevable. Il ne peut même pas imaginer sa souffrance tant physique que mentale. Il ne peut même pas imaginer ce par quoi elle a pu passer comme pensées de révolte, de dégout, de dépression, de haine, d'envie de mourir peut-être. Puis cette enfant qui va croître dans son ventre : comment la chérir ? Comment l'accueillir, comment seulement l'aimer ? Il a tant de questions qui le brûlent, qu'il voudrait poser à sa grand-mère, mais qui hélas resteront sans réponse. Peut-être est-ce mieux, dans un sens : cette histoire lui appartenait, même si elle s'est répercutée telles les ondes d'une pierre, balancée dans l'eau étale d'un lac. Il est l'un de ses ronds dans l'eau, tout comme sa mère, à présent qu'il y songe, Océane en est la continuité. Cet acte fou d'une pulsion bestiale, non maitrisée, tel l'effet d'une aile de papillon, a bouleversé tant de vies en commençant par en créer une qui n'aurait jamais dû voir le jour. Il frissonne. Sa mère n'aurait pas dû exister, c'est une évidence, alors pourquoi ? Hasard ? Dessin complexe d'un Destin ou d'un Dieu ? Il l'ignore, tout ce qu'il sait c'est que sa mère a eu une vie qui a compté, pour lui évidemment, mais au-delà de lui-même, pour tous ceux qui l'ont croisée. Il repousse ces pensées, inutiles, encombrantes, préférant se concentrer sur la réponse de son ami :

— D'après la flopée d'inspecteurs et de spécialistes éminemment intelligents, ce serait un règlement de compte. Le gars avait reçu une dérouillée bien appuyée : il portait des traces de coups et de vilaines fractures sur les membres, la face aussi, mais ce qui l'a achevé c'était un choc très violent à la tête. Bref le mec a dû faire chier le mauvais gars, et ici, surtout du temps de nos anciens, fallait pas trop venir les chatouiller ! Il s'est pris un bon coup de penn-baz[1] affaire classée !

— Mais on sait qui a pu faire ça ? Insiste Yffic, curieux et quelque part inquiet qu'on puisse soudain dévoiler toute l'histoire, qu'elle se répande en tache d'huile, immonde, toxique et rajoute encore et encore de nouveaux ronds autour des précédents clapots.

— Bah les experts, Hervé insiste avec un mépris persifleur sur le dernier mot, avant de poursuivre, ces crétins ont dit qu'ils ne pouvaient

---

[1]   Bâton traditionnel des paysans bretons, il servait à marcher et à se protéger en cas de nécessité. Un coup de penn bazh pouvait facilement briser les os

rien tirer de pseudo preuves : tout était trop vieux, corrompu et puis il y a prescription sur le crime. Tous les vieux sont morts ou peu s'en faut ! Donc rideau, sauf que nous maintenant nous sommes l'hôtel au cadavre, à croire qu'on est l'auberge rouge !

Un éclair soulagé traverse le regard d'Yffic, qu'Hervé ne perçoit pas, trop absorbé par les conséquences de cette macabre découverte.

Un autre rond dans l'eau calme, une nouvelle onde, songe Yffic, désolé pour son ami qui doit assumer les effets de cette pierre lancée il y a si longtemps. Il est toutefois allégé d'un poids. Au moins il n'y aura pas de racontars, pas d'histoires chuchotées sur sa mère, même si, les langues doivent aller bon train et beaucoup de gens se questionner, questions qui resteront sans réponses. C'est tout ce qui compte.

— Les choses vont se tasser, tente-il pour rassurer son ami. Une histoire chasse l'autre, et des ragots, ce n'est pas ce qui manque !

— T'as pas tort ! Aller *yec'hed mat*[1] !

Installé à une table un peu plus loin, un homme solitaire les observe sous la masse embroussaillée de ses cheveux et d'une barbe qui mangent son visage. Une bière est posée devant lui à laquelle il n'a pas touché.

Ses yeux restent fixés sur Yffic.

---

[1] Expression bretonne employée au moment de trinquer avec quelqu'un, pour lui souhaiter une bonne santé.

Chapitre 14

*"La peinture est une poésie qui se voit au lieu de
se sentir et la poésie est une peinture qui se sent
au lieu de se voir. "*
Léonard de Vinci

La tempête se calme, la pluie drue est peu à
peu remplacée par un mince crachin qui s'écoule
en notes fines le long des fenêtres, sur les
ardoises et dans les gouttières qui glougloutent
sans faillir.

Yffic et Espéranza, se réchauffent devant la
cheminée dans laquelle crépitent de belles
bûches. Les voilà rentrés chez la peintre, dans sa
modeste maison de pêcheurs où Pablo attendait
leur retour avec une impatience trépidante.
Satisfait de revoir sa bien-aimée maîtresse, il dort
blotti contre ses pieds dans le canapé, tandis
qu'elle somnole, heureuse, entre les bras d'Yffic,
profitant avec gratitude de l'instant, refusant de
penser à demain et encore moins à hier. Seul, le
bras solide du marin qui l'enserre, a une
quelconque importance. Elle baille, elle est bien.
Elle le sent détendu, pour une fois serein, les
barrières qu'il a érigées, abaissées, confiant. Elle
sait d'instinct, avec cette certitude offerte par une
sensibilité hors normes, qui lui permet de peindre
et capter les émotions d'autrui, que cet
apaisement est rare chez Yffic, qu'il vit sur une

défensive permanente. Ce moment de relâchement est-il d'autant plus précieux.

— Tu sais, murmure-t-il d'une voix douce, qui vibre d'une tendresse qu'il n'essaie pas, en cette seconde de cacher. Tu sais, tu es la première femme que j'ai fait monter à bord du « Mickaël » depuis dix ans. Lorsque je suis parti, que j'ai pris la mer, je m'étais juré de ne jamais embarquer une femme.

Elle retient un geste de surprise, le laisse terminer, le cœur battant à tout rompre, en proie à une émotion qu'elle a du mal à maîtriser.

— Comme quoi, on change et c'est pas plus mal, achève-t-il en riant, avant de l'enlacer avec une poigne qui lui coupe le souffle.

Elle n'ose pas lui demander ses raisons, elle les devine, au moins pour une part : un divorce dramatique, des aventures sans lendemain, un vide affectif que rien ne peut combler hors peut-être le vent et la solitude des mers. Elle connaît ça par cœur, elle aussi ! Et puis aujourd'hui cette rencontre, cette promesse timide d'un avenir dans une entente relationnelle douce, apaisée, enfin.

Dans une tranquille évidence, elle répond à son étreinte, à ses baisers, submergée par l'exquise délicatesse tendre, sereine, de ces instants de bonheur absolu qu'elle vit avec lui. Ce n'est pas parfait, il y a eu la pluie, la tempête, l'enterrement de Marie qui laisse encore un trou béant dans son propre cœur, elle n'imagine même pas ce qu'il peut en être de celui d'Yffic ! Puis toutes ces révélations en cascade qui remettent en question tant de vérités sur lesquelles il s'est bâti. Alors non tout n'est pas parfait, néanmoins elle ne voudrait pas d'une vie où tout ne serait que paix et félicité, ce serait si morne ! Elle veut la vie avec tout ce qu'elle

apporte de surprises, de remises en question, de souffle, de bonheur et de tragédie. Elle ne rêve pas d'un retour à un éden douillet : elle est faite d'un feu brûlant qui la pousse et la propulse en avant, toujours plus loin dans la réalité vivante d'une expérience humaine. Elle sent, elle sait avec une préscience issue de ses entrailles et non de pensées conscientes, que cet homme-là, qui l'embrasse avec une tendresse telle qu'elle frissonne toute entière, cet homme n'est pas entré dans sa vie au hasard, il est bien autre chose qu'une rencontre fortuite, certes agréable : il est un pivot de sa vie, l'axe essentiel qu'elle a cherché en vain et le voilà, à présent qu'elle avait renoncé, qu'elle avait remisé ses rêves d'entente, ses aspirations presque fantasmées d'un couple à l'amour serein, dans l'évidence d'un sentiment partagé.

Voilà que l'océan lui a apporté ce cadeau ! Elle a du mal à y croire, se retient de trop se répandre, échaudée par bien des situations qui lui ont lacéré le cœur, lui abandonnant bien des cicatrices. Les voici tous deux, survivants d'une vie humaine, dans laquelle ils ont été trimballés, remués, par bien des émotions qui sont le germe même de la vie. Ils en gardent des séquelles, pourtant comme après bien des batailles, les guerriers se relèvent, couverts de plaies et de sang, bouillonnant de rage et d'un bonheur accru d'être toujours debout et vivants.

Ils sont vivants ! Ils sont debout ! S'ils en ont le courage, ils peuvent entamer une expérience inédite : celle d'une relation complète dans le respect et l'amour. Ils n'ont qu'à tendre la main et se laisser aller, dans la confiance, l'estime de soi et de l'autre. Espéranza a bien conscience de ça, toutefois elle ignore tout de son propre courage aussi ne va-t-elle pas préjuger de celui d'un autre, sans compter des risques qu'ils sont prêts à prendre encore… Elle va laisser les événements avancer à leur rythme, et se contenter de surfer sur la vague, ou du moins de tenter de le faire sans se noyer !

Après quelques minutes de douceur, il s'étire, se lève, remet une bûche dans l'âtre, ravivant le feu, puis se tournant vers la peintre, assise dans le canapé, ses cheveux éparpillés autour d'elle, aussi belle qu'une peinture, il lance :

— Tu te sentirais de poursuivre un peu la lecture du journal de Jeanne ?

Elle lui retourne un sourire, ravie et honorée de la confiance qu'il lui accorde. Après tout, il pourrait fort bien garder toutes ces confidences pour lui ! Elle attrape le carnet resté sur la table basse, tire le plaid en laine sur elle et s'installe confortablement afin d'accueillir de son mieux les mots de la jeune fille qui les a autrefois écrits. Yffic la rejoint, et le visage tourné vers les flammes qui crépitent dans la cheminée, il attend que le passé se dévoile à nouveau. Les feuilles craquent imperceptiblement sous les doigts d'Espéranza, qui cherche l'endroit où ils s'étaient arrêtés dans leur lecture.

— Ah voilà c'est ici ! Oh c'est étrange, nous voilà des mois après ces dernières confidences ! En fait nous sommes quasiment un an plus tard : ta grand-mère a repris ses confidences à l'été 41 !

Yffic réprime un sursaut : sa mère est née à la mi-juin de cette année. Il laisse pourtant Espéranza continuer, sans l'interrompre, curieux, avide même d'en savoir plus sur tous ces secrets qui ont ébranlé sa famille.

— « Juillet 1941 : le temps est changeant, certains jours on se croirait en automne tant la pluie s'écoule en torrents, battant les façades, se répandant en pleurs le long des carreaux, puis soudain un soleil radieux sèche tout ça et les flaques ne sont plus que des souvenirs sous l'ardeur de ses rayons. Le temps est un peu à l'image de mon âme si chamboulée et sollicitée ces derniers mois. Mille fois j'ai eu envie d'écrire mes tourments sur ce carnet, mille fois j'ai maudit Dieu de l'épreuve qu'il m'envoie et tout autant de fois je l'ai supplié de son aide, sanglotant à genoux dans notre chère église qui a vu passer tant de malheurs, tant de femmes éplorées priant pour le retour de leur mari parti en mer, qui jamais ne revinrent... En comparaison mon malheur n'est que peccadille : je suis vivante ainsi que toute ma famille, en ces temps étranges que nous traversons c'est déjà en soi une bénédiction. Que puis-je demander de plus ? Je suis entourée, soutenue, choyée et si ce n'était la conséquence de ce qu'il est advenu à l'automne dernier, j'aurais presque pu croire que rien ne s'était passé.

Un soir, alors que nous soupions tous ensemble et que mes hématomes cicatrisaient à peine, tad-kozh affirma de sa grosse voix bourrue qui ne s'exprime qu'à bon escient :

— Tu peux dormir tranquille, l'Allemand ne te fera plus aucun mal...

Il lâcha cette seule phrase d'un ton d'une froideur telle, que je sentis des frissons tressaillir tout le long de mon dos, cependant qu'un soulagement sans commune mesure m'envahissait. Je ne me posais même pas la question du comment il avait réussi ce miracle, je savais qu'il était réel et que j'étais à nouveau en sécurité. Plus jamais je ne serai suivie dans la nuit

tombante, dans cette grisaille ni chien ni loup qui dissimule bien des ombres. Plus jamais je ne serai poussée sur les pavés, trainée dans un recoin encore plus obscur, tandis qu'une main me broyait presque le visage à force de vouloir étouffer mes hurlements. Plus jamais je ne sentirai cette haleine fétide d'alcool, plus jamais il n'y aurait ces mains sur moi qui arrachent mes vêtements... C'était fini.

Tad-kozh termina son verre d'un trait, puis se leva en essuyant son couteau sur son pantalon en toile. Mon cœur bondissait et dansait dans ma poitrine. Sans résister, je sautais dans les bras de mon grand-père et l'embrassait, sans même remarquer les larmes qui coulaient sur mon visage, ni celles qui perlaient dans les yeux sombre de tad-kozh.

— Tout va bien p'tite ! Allez, file aider ta mère à la vaisselle !

J'ai embrassé une fois de plus sa joue ridée, aussi tannée qu'un parchemin, avant de filer à la cuisine pour essuyer les assiettes. Depuis, les mois ont coulé, et Dieu, qui d'autre pourrait décider du chemin que doit emprunter nos vies et des épreuves qui doivent le jalonner afin de le fortifier ? Enfin c'est du moins ce que dit notre recteur, qui vu son âge, doit savoir de quoi il parle ! Il est si vieux qu'il a sans aucun doute rencontré Moïse ! Bref, au début de l'hiver j'ai commencé à avoir des langueurs et des vertiges sans parler de nausées irrépressibles dès le matin. Maman m'a emmenée aussitôt chez le docteur : il m'a mise au monde et me connaît mieux que moi-même ! Il m'a auscultée si vite que j'ai pensé qu'il ne croyait pas à ma soudaine maladie, mais c'était tout le contraire. Avec

maman ils ont échangé un regard. Il a hoché la tête et dit simplement :

— Ce sera pour juin ou juillet de l'année prochaine.

Maman est devenue blanche, livide, à tel point que j'ai cru qu'elle se trouvait mal. Je lançais un coup d'œil au médecin : je n'avais rien compris, dans mon innocence, ma stupide naïveté enfantine. Il s'est levé, a pris un mince flacon de sels d'ammonium et l'a fait respirer à maman, avant de se tourner vers moi en murmurant de sa voix douce, toujours si posée et apaisante :

— Tes malaises proviennent du bébé qui se forme dans ton ventre. Tu es forte, tu as une belle constitution, aussi ça ne sera aucunement un problème. Ton bébé sera beau et vigoureux.

J'étais si effarée que je ne réussis pas à dire le moindre mot. Un bébé ! Mais qu'est-ce que c'était encore cette affaire !?

Nous sommes rentrées avec maman. Elle me serrait si fort la main que j'en avais les doigts engourdis. À l'auberge mamm-gozh nous attendait avec inquiétude et fébrilité : elle était si inquiète qu'elle avait brûlé plusieurs crêpes ! Maman s'est contentée de bégayer :

— Ce sera pour l'été prochain…

Mamm-gozh a pâli, puis d'une main qui tremblait un peu, elle m'a attirée contre elle, dans le giron rassurant de ses bras qui sentaient bon la farine et le beurre :

— Ne t'inquiète de rien, ce sera un cancer, les cancers sont des personnes bonnes et attentionnées.

Ensuite mon ventre a grossi, il était très difficile de le dissimuler sous mes vêtements et j'ai dû quitter le collège. Moi qui voulais devenir institutrice, bah j'ai vite compris que je devais renoncer à ce rêve. Tad-kozh m'a dit que ce n'était pas grave : j'avais obtenu mon certificat d'études avec des notes formidables et cette victoire-là était déjà une magnifique réussite dont je pouvais être fière.

Au cours de l'hiver, j'ai beaucoup discuté avec Monsieur le Recteur, qui venait souvent le soir passer la veillée avec nous. Il s'asseyait à côté du poêle, tendait ses mains tavelées vers la chaleur du fourneau, tandis qu'il écoutait mes questions et mes plaintes. Il y répondait avec une douceur bienveillante, sans juger ni de mes pleurs ni de ma situation.

— Nous sommes tous entre les mains de Dieu qui sait, dans sa sagesse immense, quel chemin nous devons suivre. Ce chemin est semé de difficultés et c'est la manière dont nous les surmontons qui va renforcer ou pas notre âme. On a envie de tant de choses, mais nous devons nous adapter à ce qui vient sur notre route : aujourd'hui les Allemands, les bombardements, la guerre et l'incertitude et en plus pour toi, renoncer à tes études, attendre ce bébé dans la joie et non dans le ressentiment et te préparer à une vie à laquelle tu ne t'attendais pas. Tu peux le prendre de deux manières : soit en trépignant de rage et en maudissant ton sort, soit en acceptant ce chemin et en l'accueillant dans le bonheur de la découverte et du cadeau que Dieu t'envoie. Nous n'avons pas le choix des événements que nous vivons et qui traversent nos vies, toutefois nous avons le choix du jugement que nous en avons.

C'étaient là des notions bien compliquées, mais à présent que je berce Marie, que je sens son souffle, imperceptible, s'échapper de sa minuscule bouche en cœur, il me semble

comprendre ce qu'il voulait m'expliquer. Je n'ai plus de colère. Je regarde ma fille et je suis heureuse. Quoi qu'il soit advenu, Marie est un cadeau. »

— Ah la date a changé, remarque Espéranza. Elle a repris son récit quelques semaines plus tard.

— « L'été se termine, et entre toutes les tâches qu'implique un bébé, je n'ai pas pu poursuivre ce carnet, qui je l'espère, sera un précieux témoignage pour Marie et pourquoi pas, ses enfants, dans un plus tard que je n'ose imaginer. Enfin ce soir Marie a décidé de dormir, me voici de mon côté, un peu moins épuisée, il est temps que je reprenne la plume !

Lorsque les Allemands ont pris possession de nos terres, ils ont dans la seconde, débutés des travaux titanesques afin de construire des fortifications tout le long de la côte. Rien à voir avec des citadelles Vauban ! Ce n'est que béton hideux d'un gris glaçant, qui voudrait se perdre dans les tonalités de granite, mais sans succès. L'entrée du goulet de Brest est barricadée, ainsi que toute la côte. Notre minuscule village n'a pas échappé à la règle et nous voilà avec un essaimage de bunkers qui dissimulent canons et soldats. Les Alliés ne cessent de harceler ces envahisseurs, bombardant comme ils peuvent des objectifs sans aucun doute stratégiques, mais hélas au prix de nos vies et de nos maisons… En début d'été, les bombardiers anglais survolaient rarement notre portion de côte, préférant concentrer leurs forces sur Brest et plus loin encore. Puis, un matin, le soleil se levait à peine, la sirène a retenti dans un beuglement strident, qui nous a tous vrillé les tympans. Avec maman et mamm-gozh, grand-père étant en mer, nous avons à peine pu attraper un panier avec quelques nourritures et deux couvertures, qu'il était temps de se précipiter vers l'abri qui a de toute éternité, sauvé les habitants du village. Nous voilà filant à travers la lande en compagnie de tous les autres villageois, sur un sentier étroit qui conduit directement à la falaise. Mon gros ventre m'essouffle, je me sens si lourde, néanmois le soutenant d'une main, je trottine aussi vite que les autres, affolée par la promesse du déluge de feu qui va nous tomber sur la tête !

Enfin nous voici à la falaise, le sentier laisse place à d'abruptes marches à peine esquissées dans la pierre. En contre bas, la mer monte et s'écrase sur les roches. C'est effrayant, mais il n'y a aucun autre passage. À mon tour je dois tendre le pied dans le vide et prier pour ne pas glisser et m'écraser au milieu des brisants. Mon cœur cogne à grands coups, mon ventre tendu gène mes mouvements, j'ai perdu toute souplesse et mes gestes sont tremblants. Heureusement quelques voisins m'aident dans cette partie périlleuse, encore quelques mètres à escalader les roches glissantes et nous voilà tous en sécurité dans une grotte creusée en d'autre temps par l'océan. Je réprime un soupir de soulagement, même si mamm-gozh me pousse à avancer afin de gagner le fond de la cavité, qui plus élevé, n'est jamais pris par la marée et reste sec, quelles que soient les circonstances. Enfin nous voici tous installés, tant bien que mal, dans le ventre protecteur de la terre. On allume des bougies, certains sortent des victuailles pour un casse-croûte, certes matinal, mais ô combien mérité ! Dans un lointain bourdonnement, on perçoit le bruit terrible des avions, les sourds grondements des bombes qui tombent sur nos maisons, tandis que les canons allemands

répliquent en de longs cris qui déchirent l'air. Parfois la terre tremble en ondes qui se propagent jusqu'à nous. Le silence se fait alors, bientôt suivi par quelques notes de biniou puis une chanson fuse, reprise en cœur et la peur s'estompe. Nous sommes bretons : même si nous sommes terrifiés, même si notre village est dévasté, nous resterons debout et nous reconstruirons tout. Alors malgré l'effroi, malgré la mer qui gronde en montant et couvre parfois les rugissements de la guerre qui se joue au-dessus de nos têtes, nous chantons, nous buvons des bolées de cidre et savourons le saucisson.

Soudain une douleur, en coup de poignard, me prend par surprise. Je réprime un cri, essaie de m'asseoir plus confortablement sur la pierre qui me sert de siège. La souffrance part comme elle est venue. Je croque un bout d'une crêpe que me tend maman, mais la tête me tourne, une nausée me prend tandis que la même douleur revient, plus forte que la première ! Je n'ai pas envie d'embêter tout le monde : la situation est déjà bien assez compliquée comme ça, sans que j'en rajoute avec mes chochotteries. Alors je me tais, et comme on dit, je mords ma chique ! Le temps passe, des heures s'écoulent, enfin je ne sais plus trop, j'ai perdu le sens du temps et de l'heure. Les douleurs sont de plus en plus fortes, bientôt elles sont si insupportables que je lâche un faible cri. Mamm-gozh se retourne aussitôt et me dévisage d'un œil acéré.

— Qu'as-tu p'tite ?

— J'ai mal au ventre mam', mais ça va passer… je murmure tant bien que mal.

Je la vois sursauter. Elle se lève d'un bon, faisant fi de ses rhumatismes, et appelle Maëlle, la sage-femme du pays. C'est une personne aux

manières à la fois fermes et douces, qui met immédiatement en confiance. Elle se précipite vers moi, le regard inquiet. Sans doute ai-je l'air bien moins gaillarde que je le crois ! Avec autorité, elle palpe mon ventre distendu, avant de murmurer dans un sourire rassurant :

— Le bébé arrive !

Mon cœur s'affole. J'ai bien trop mal pour répondre, alors même que mes pensées s'entrechoquent : je ne suis pas prête à être maman ! Toutefois la nature ne me demande pas mon avis et mon corps réagit sans que je n'y puisse rien ! Marie va naître au cœur du chaos. Sa venue au monde est un message d'espoir : quelle que soit la dureté des circonstances, la vie est plus forte, plus belle et plus puissante que le Mal. C'est une sorte de miracle que ce petit bout d'humain, que je serre contre moi, pleurant de joie, de fatigue, de mille émotions contradictoires, dont une pourtant qui prédomine sur toutes les autres : l'amour inconditionnel qui me terrasse au premier regard que je pose sur ce petit être que Dieu vient de nous offrir. Je sanglote, sans pouvoir m'en empêcher, ma fille emmaillotée de bric et de broc dans une chemise d'homme et une couverture. Tout le monde pleure aussi de joie et c'est dans cette atmosphère particulière, dans le bruit sauvage des bombes qui continuent à pleuvoir sur notre terre, qu'elle est baptisée. Dans la grâce de cet instant, qui nous permet à tous d'être vivants, je la nomme Marie, comme la mère de Jésus. Espérant qu'elle soit protégée par cette consécration à la Vierge.

Enfin comme le mauvais temps passe, les avions s'en vont et le calme revient. La mer reflue dans son va et vient perpétuel, et nous pouvons, vaille que vaille retourner chez nous. Nous

courons vers le village, vers nos maisons, nous demandant ce qu'il en reste… Par chance, c'est surtout le port qui a été touché, le village n'a pas trop souffert hors la maison de la veuve d'un pêcheur. Son fils la rassure et l'emmène chez lui. De notre côté nous poussons la porte de chez nous, partant à trois et revenant à quatre ! »

Espéranza relève la tête, cherche le regard d'Yffic, qui bousculé par la lecture, laisse dériver ses pensées dans le mouvement presque hypnotique des flammes qui crépitent dans la cheminée. Il sursaute presque lorsque la peintre pose une main sur son bras. Il se retourne avec une vivacité conjuguée à un trouble profond. Ses yeux d'un bleu froid sont parcourus d'incertitude, de désarroi et d'inquiétude. Elle pose le livre de raison sur la table basse, repousse Pablo qui s'est étalé de tout son long sur ses jambes, afin de pouvoir enlacer Yffic. Elle le sent animé par mille émotions contradictoires, ce qui se comprend ! Elle l'entoure de ses bras, tentant de lui communiquer sa chaleur, sa force, sa vitalité et son optimisme. Lentement il referme à son tour ses bras autour de la jeune femme, reconnaissant de la tiédeur de ce corps qui plus sûrement que n'importe quoi, l'ancre au monde et à la réalité.

Alors il oublie Jeanne, la guerre, le récit terrible de la venue au monde de sa mère, pour savourer ce présent doux où la tendresse d'Espéranza est le meilleur anti dépresseur.

Chapitre 15

"Ce n'est pas la lumière qui manque à notre regard, c'est notre regard qui manque de lumière."
Gustave Thibon

Le soleil se lève sur une journée pleine de promesses : celle d'un temps serein où la brume du matin distille des arcs en ciel au-dessus du port. Les bateaux sont flegmatiquement posés sur l'eau étale, parcourue à peine par d'humbles frôlements d'une brise molle. C'est à peine si les haubans frémissent, procurant un son délicat, juste esquissé. Somnolant sur les toits des bateaux ou dans leur voilure, les goélands sont, pour une fois, d'un calme remarque. Rien ne vient troubler ce début de journée, hormis les pas d'un marin, qui arpente le ponton mouvant d'une démarche sûre. Un gros chat gris vient à sa rencontre, dardant sur lui des yeux jaunes pleins de rancune et de colère.

Il se penche, attrape la furieuse dans ses bras, retient un rire au vu de son air courroucé.

— Alors ma belle, tu as passé une bonne nuit ?

La belle lui retourne un regard outré et se met en mesure de lui faire savoir en miaulant avec force, tous ses ressentiments !

135

— Mais oui on va faire un p'tit dej', t'en fais pas voyons ! lui rétorque Yffic avec patience.

Il enjambe le plat bord, dépose Natcha sur le pont, passe une main sur la tête de Serge qui somnole sur un lassis de bouts. Puis il entre dans le carré et se met en devoir de nourrir ses compagnons. Après la cascade de révélations, il n'a pas très bien dormi : le contraire serait surprenant ! Il agit au radar, préparant un café fort et sortant de quoi satisfaire ses affamés.

Par l'un des hublots, il aperçoit un homme sur le ponton. Ce dernier fait mine de s'intéresser à un vieux gréement amarré là, toutefois l'instinct d'Yffic l'alerte, le tirant instantanément de sa somnolence : cet homme n'est pas un vague admirateur de vieux voilier, il est là pour tout autre chose. De fait, l'homme à la carrure encore solide malgré son âge, sans doute est-il sexagénaire, se retourne et jette un coup d'œil au « Mickaël ». Sous sa barbe broussailleuse et ses cheveux mal taillés, il dissimule un regard d'un bleu perçant.

Yffic se raidit : c'est donc bien son bateau qui l'intéresse et peut-être lui aussi, par déduction. Qui est cet homme ? Ce regard ne lui est pas inconnu. Il lui semble se souvenir de ces yeux, si clairs, mais où aurait-il croisé cet homme, il ne parvient pas, pour le moment, à s'en souvenir. Il hésite une seconde à aller directement le questionner, lorsqu'il se souvient l'avoir vu manger seul à l'auberge, le soir de la tempête. Il l'a vu les fixer de son regard particulier, Espéranza et lui.

Son cœur se met à cogner un peu plus fort, tandis qu'un flot d'adrénaline vient battre ses tempes : qui est cet homme et que lui veut-il ?

Tout au long de sa carrière il a suivi des ordres, ces ordres parfois résonnent encore dans

ses pensées et dans son âme, troublant son sommeil de cauchemars qu'il repousse. Coupable oui, c'est bien certain, responsable non. Serait-ce l'un des membres de la famille d'une personne qu'il a éliminée, revenu du passé afin d'exercer une certaine vengeance ?

Il frémit.

Après ce qu'il a fait durant deux décennies, il sait que tout est possible. Bien évidemment, lui et ses autres compagnons commandos agissent toujours cachés, cagoulés afin que nul ne puisse connaître leur identité. Leur total anonymat est leur seul et ultime bouclier. Toutefois il sait qu'à l'heure actuelle, il est possible de pirater bien des fichiers : et si son nom était tombé entre de mauvaises mains ?

Il frissonne, pas tant de peur, mais de cette excitation qui soudain le saisit et le mobilise tout entier. Son corps et son esprit, en une fraction de seconde, sont prêts au combat, prêts à toutes éventualités, prêts à tuer s'il le faut. Ses réflexes sont à nouveau là, à peine endormis.

Il observe l'homme. Il a une belle stature, un corps qui a travaillé dur, cela se voit. Sa manière d'arpenter le ponton dénonce le marin en lui, ses mains parlent de filets, de poissons et de chalutier. C'est, sans aucun doute possible, un marin pêcheur qui se tient debout à quelques mètres du « Mickaël ». Pourquoi ?

Yffic a beau se creuser la tête, il ne comprend pas.

Il ferme les yeux, respire profondément, et tente de calmer les pensées folles qui l'assiègent.

— Tu deviens paranoïaque, mon vieux, se morigène-t-il avec irritation.

Le gars, ancien marin à ne pas en douter, est en balade, quant au resto, bah il n'y en a pas tant que ça dans le village qui plus est, ouverts un soir de tempête ! Tout cela n'est que le hasard conjugué à la petitesse du village.

— Le monde ne tourne pas autour de ma personne, faut arrêter d'être égo centré !

Il s'efforce au calme, respire plusieurs fois profondément afin de chasser l'impression oppressante qui l'étreint. Elle s'atténue, néanmoins elle demeure là, en fond, lancinante, cependant que le vieil inconnu dépasse à pas lents le « Mickaël » sans même lui accorder un regard. Il semble perdu dans ses pensées et sans doute dans les souvenirs d'un temps lointain, disparu, évaporé dans l'éther et dont la seule existence persiste encore dans sa mémoire. Il passe, immergé dans un monde enfui, en contre bas du voilier qui tangue imperceptiblement sur l'eau unie du port. Il est si proche, qu'Yffic distingue son regard d'un bleu singulier, perlé de larmes.

Il hausse une épaule, se traite d'imbécile et se tourne vers la chatte qui le contemple de ses yeux d'or, avec une moue dédaigneuse. Allons, il a bien autre chose à faire que de se perdre en conjectures idiotes : Natcha a faim, et ça c'est du sérieux !

Serge proteste depuis le toit de la cabine et toute cette normalité, le rassérène peu à peu. Il nourrit ses potes, puis s'étire, admirant un rayon de soleil qui perce les nuages amoncelés depuis ce matin, et vient effleurer son voilier.

Il soupire, encore sur le qui-vive, mais plus apaisé. Depuis longtemps il a cette angoisse, diffuse que tout ce qu'il a fait durant sa carrière l'amène à perdre la raison, à devenir fou furieux,

dangereux, incontrôlable. Il a un mental solide, c'est aussi pour cette qualité qu'il a été choisi et a pu intégrer les commandos de Marine. Il avait vingt ans et se souvient de tout, ou presque, avec une acuité presque douloureuse. C'est là qu'il a rencontré ceux qui feront partie de son équipe, ceux qui seront au-delà d'une famille pour lui : il y avait Serge qui mangeait sans arrêt sans pour autant prendre un gramme, sans doute convertissait-il toutes ces calories en masse musculaire, Camel qui fumait sans cesse sauf en mission, Ludo, Loustic et tous les autres… C'était il y a si longtemps. Il revoit pourtant chacun de leurs visages, celui de Serge si souriant, joyeux, toujours prêt à raconter une blague qu'il tirait on ne sait d'où. Il parvenait à détendre le groupe avec une plaisanterie stupide, qui pourtant les faisait tous rire. Serge avait été abattu par un tir de kalachnikov dans une ruelle anonyme d'une bourgade perdue d'Afghanistan. Son rire, sa bonne humeur, son appétit de vie fauchés par une balle, tout comme Ludo qui avait laissé sa peau dans un recoin obscur de l'ex-Yougoslavie. Yffic les revoit dans toute la force de leur jeunesse, de leurs espoirs, portés par une belle exubérance et la certitude d'agir pour une cause juste. Aujourd'hui Yffic se demande quelle justesse il y avait dans tout ça… Quelle justesse de priver des familles de leur frère, père, compagnon… Où était le juste ? Où était le bien dans ces missions ? Qu'ont-ils apporté comme mieux aux populations au sein desquelles ils débarquaient ? N'ont-ils pas été, à leur insu, des outils au service d'intérêts tout personnels…

Il se pose tant de questions qui n'auront évidemment nulles réponses. À l'époque il n'avait pourtant aucun doute : il était jeune, convaincu que leur action était importante et œuvrait dans le bon sens. C'est par la suite qu'il a commencé à douter, bien après la mort de ses coéquipiers, bien après la naissance d'Océane, lorsque Nathalie elle-même s'est éloignée, lui renvoyant une image qu'il n'aimait pas… Il reconnait qu'il n'a pas été très présent pour sa famille, qu'il a finalement exigé de Nathalie qu'elle assume ses absences sans même avoir le droit d'émettre un mot. Un coup de téléphone et il disparaissait, revenant de manière tout aussi imprévisible. Alors elle s'était arrangée une vie sans lui : un jour elle avait cessé de s'inquiéter pour lui, de veiller des nuits entières à se demander où il était et s'il était encore vivant. Son amour s'était transformé en haine et le sien en cendre. Ils avaient divorcé. Cette période, affreuse, lui avait laissé un goût amer, tissé d'incompréhension.

À la suite de tout ça, il avait peu à peu cessé d'aller sur le terrain et s'était vu proposé un poste d'instructeur à Lorient. Il s'était senti vieux, désabusé, même s'il n'avait pas détesté instruire tous ces jeunes, pleins d'un enthousiasme presque naïf. Puis il avait pu obtenir sa retraite. Il avait quitté l'armée, sans un regard en arrière. Il aurait pu rester, continuer, mais il ne croyait plus suffisamment à son devoir. Il avait alors remis en état le « Mickaël » puis il était parti sillonner les mers du globe, proposant ses services comme skipper et remisant l'ancien commando dans un passé qui n'avait pas à côtoyer le présent. Il avait essayé d'oublier. Oublier l'armée, Nathalie et toute cette vie dont il conservait un goût un peu trop chargé de rancœur.

Il avait apprécié ces années de solitude, à vivre sans entrave, sans contrainte hors celle du vent et des courants marins. Un matin, il avait trouvé un jeune goéland avec une patte cassé, il

l'avait soigné. Le jeune oiseau s'était retapé, il avait donc fallu lui trouver un nom, qui s'était imposé tout seul : il ressemblait tant au Serge commando ! Aussi exubérant et gourmand ! Natcha avait rejoint le bord quelque temps plus tard, boule de poils, duveteuse et déjà affirmée. Grâce à ses compagnons, il ne s'était pas senti seul ces dernières années. De surcroît, il avait tant à faire, tant à penser et l'océan l'appelait.

C'est à présent qu'il a ouvert la porte de son cœur, porte bien close auparavant, qu'il réalise combien la douceur, la tendresse, l'écoute d'une compagne, lui ont manqué.

Un élan de gratitude envers la vie, pleine de surprises, bouillonne une seconde en lui tandis qu'il pense à Espéranza.

Espéranza, dont la lumière semble pouvoir le tirer des ténèbres, dont le sourire est un calmant bien plus puissant que n'importe quelle drogue légale ou pas ! Espéranza qui est un arc en ciel de couleurs, de rires et de tendresse. Espéranza qui sent la térébenthine et qui sait lire le vent et l'océan. Espéranza qui a connu sa mère, Marie, qui sait tant de détails sur lui et qui recèle aussi tant de mystères. Espéranza qui peint en chantonnant des chansons dans toutes les langues, Espéranza qui l'attend à l'instant même à l'ancienne maison de Marie.

Alors peu importe du passé, des vieux marins tristes et du ciel qui promet un orage : Espéranza l'attend, rien d'autre ne compte ! Ni son histoire pleine de cauchemars, ni ses interprétations tourmentées. Espéranza l'attend, il n'a pas une seconde à perdre : le bonheur c'est maintenant !

Chapitre 16

"On avale à pleine gorgée le mensonge qui nous flatte, et l'on boit goutte à goutte une vérité qui nous est amère."
Denis Diderot

Une caresse à Natcha, une dernière sardine lancée à Serge et il s'élance vers le village, l'esprit tendu vers un seul but : retrouver celle qui redonne des couleurs à son monde.

Son cœur bat, il a à nouveau quinze ans, toutes ses illusions et des sentiments tout neufs qui ne demandent qu'à grandir. Il s'émerveille de pouvoir ressentir ces émotions, lui qui pensait sa vie terminée, la voilà qui commence ! Il a oublié Nathalie et ses récriminations, leurs disputes homériques et l'inexorable ressentiment qui avait remplacé l'amour. Il a tout oublié, il n'est plus qu'un ado de cinquante ans qui court sur les pavés des ruelles afin de retrouver celle qui lui permet de respirer, celle qui en si peu de jours est devenue son indispensable.

Il sait pourtant que cette matinée va être tout sauf un rendez-vous romantique : il a pris contact avec un agent immobilier qui va expertiser la maison de sa mère. À présent qu'elle est vide, c'est la suite paraît-il logique… Espéranza lui a proposé d'être là pour cette visite dont elle peut sans peine, imaginer la difficulté augmentée de

143

tout le poids émotionnel. Yffic a refusé d'un sourire : c'est à lui de régler ça, par contre il ne serait ensuite pas opposé à un repas en tête à tête. Elle a approuvé d'un regard lumineux et d'un baiser plein de compréhension. Aussi la pensée de la retrouver après cette corvée qui va bien évidemment lui tordre le cœur, l'aide à pousser sans frémir, la porte de la maison de Marie.

La visite se déroule au mieux. L'agent immobilier est un homme entre deux âges, plein de tact. Des situations comme celle d'Yffic, il doit en voir des centaines. Des héritiers contraints à la vente à cause des taxes de succession, c'est hélas son quotidien. L'ancienne maison de pêcheur est certes petite, mais en bon état : on voit qu'elle a été entretenue avec amour, et puis elle est si bien placée ! Le jardin offre un panorama renversant sur le port et l'océan, tout en apportant une belle touche de verdure avec ses diverses essences florales, et son agréable terrasse. Il sait qu'il va rapidement la vendre. Dans sa tête, il songe déjà aux clients à qui il pourra la proposer. Les Parisiens ou les étrangers sont tellement friands de ce genre de produits, devenus rares sur le marché.

Il propose un prix à Yffic, bien supérieur à celui que ce dernier envisageait, puis lui tendant la main, l'assure s'occuper de tout, la maison ne tardera pas à trouver un acquéreur.

— Elle est simple, très bien située, vous n'avez aucun souci à vous faire !

Yffic ne répond pas. Son problème serait plutôt inverse : savoir comment garder la maison de sa mère ! Il n'y a pourtant aucune autre alternative : son frère et sa sœur ne veulent pas garder la maisonnée et lui n'a pas les moyens financiers de racheter leurs parts… Le sort de la

maison de Marie est scellé, elle deviendra une énième résidence secondaire pour citadins.

Il voudrait crier, hurler, mais il se contente de serrer en retour la main de l'agent immobilier, de le remercier et de lui souhaiter une bonne journée. Il referme la porte derrière l'homme et se retourne, contemplant avec incrédulité les pièces vides. Tout est propre, spacieux à présent que les meubles ont abandonné la place. C'est un peu comme si Marie disparaissait une fois encore. Son âme, son essence vitale, n'étant plus contenues que dans les quelques cartons qui sont entreposés dans le garage d'Espéranza. C'est si dérisoire une vie, songe Yffic avec amertume.

Il aimerait garder la maison, hélas ce n'est pas sa retraite de la Marine Nationale qui pourrait lui permettre ! Laurent et Agnès ne perçoivent pas la situation comme lui. Oh il ne leur en veut pas, mais de son côté, il ressent un arrachement, presque une trahison, que de vendre la maison de leur mère. Il sait que Marie lui conseillerait cette vente, elle aurait saisi la situation, pourtant en parcourant les pièces, il ne peut s'empêcher de la revoir partout : buvant son café dans la cuisine, et les jours de pluie ou de froidure excessive, lisant au chaud dans le canapé, son châle sur les genoux. Et lui, petit bonhomme exubérant, courant afin de lui ramener une fleur sauvage, un coquillage glané sur la plage, un minuscule galet roulé par les vagues. Il peut sentir la douceur de ses bras, respirer son parfum délicat, soutaché d'eau de Cologne, entendre sa voix douce et patiente.

Il soupire, chasse le souvenir trop vivace. Perdre la maison, c'est perdre un peu plus Marie. Il a l'impression non pas d'être cet homme qui a affronté une vie longue de dangers et de péripéties, mais un enfant qui n'a plus ni papa ni maman. Il ravale les larmes qui veulent l'engloutir, se traitant de crétin : il est tout sauf un petit garçon abandonné et pleurnichard !

Presque avec rage il referme la porte d'entrée. Marie est partie rejoindre Mickaël, son mari, son amour, la maison va continuer à vivre entre d'autres mains et c'est très bien comme ça !

Lui va retrouver Espéranza. Il la prendra dans ses bras et la portera jusqu'à sa chambre pour lui faire l'amour. Le repas attendra !

Il jette un coup d'œil à sa montre : il est encore tôt pour ce programme alléchant. Il a tout le temps de musarder un peu dans les ruelles du village, d'admirer avec curiosité son évolution et de faire un crochet par la boulangerie pâtisserie qui s'est ouverte sur la place. Voilà l'occasion parfaite pour tester leur kouign-amann !

Rasséréné, il déambule dans les ribines remplis de son enfance, heureux en fin de compte de les parcourir à nouveau. Soudain, un autre pas que le sien résonne sur les pavés inégaux. Il se retourne, plus par curiosité que mue par tout autre chose. Qui peut avoir envie de se balader par un temps aussi gris ? Les touristes ont déserté le littoral depuis longtemps et le village s'est à nouveau recroquevillé sur lui-même, retrouvant ses habitudes bousculées par le surcroît de visiteurs estivaux. Derrière lui, l'homme du ponton le fixe avec insistance. Yffic sursaute. Par réflexe, il tourne dans une autre rue. Son instinct le pousse à agir et à présent, il en a la conviction, le vieil homme s'intéresse bel et bien à lui. Aucun hasard là ! Par chance, il connaît le village mieux que personne ! Il court sur quelques mètres, s'efface ensuite dans une impasse, se coulant dans l'ombre d'une touffe de roses trémières.

L'homme trottine, visiblement essoufflé, parcourant d'un œil inquiet la ruelle. Il va continuer sans avoir soupçonné qu'Yffic est dissimulé à quelques pas de lui, lorsque ce dernier, d'un bond, le saisit par la gorge et l'entraîne dans la rue sans issue.

Dans un mouvement à la précision millimétré, fruit de tant et tant d'entraînements, il le plaque contre le pignon aveugle d'une habitation, sans relâcher sa prise. L'homme suffoque, à la fois stupéfait et effrayé. Il tente de se débattre, en vain, et lance des regards désemparés à Yffic, qui le visage fermé, gronde entre ses dents :

— Qui es-tu ? Que me veux-tu ?

Il desserre à peine sa poigne, juste assez pour qu'un filet d'air coule dans la gorge de l'homme afin qu'il puisse répondre

— Je suis Jean ! Jean Cornec ! Tu te souviens pas ? Je t'emmenais à la pêche ! Tu m'appelais tonton Jean…

Saisie, Yffic se fige.

— Tonton Jean, répète-t-il incrédule, avant de s'exclamer : N'importe quoi ! Il a disparu avec son langoustier au large des côtes africaines, quand je devais avoir douze ans !

L'homme a repris assez de souffle pour se redresser et darder ses yeux bleu vif dans ceux d'Yffic et d'affirmer :

— Je ne suis pas mort, j'ai seulement laissé croire que je l'étais ! Lorsque mon bateau a heurté ce récif, drossé contre lui une nuit de tempête, j'y ai vu une opportunité : celle de refaire ma vie, de la reprendre à zéro.

— C'est un roman de gare ! Ton histoire ne tient pas debout ! Réplique Yffic, bien qu'une

petite voix intérieure lui murmure que c'est bel et bien la vérité.

Sans clairement vouloir l'affirmer, il a reconnu la voix caverneuse de Jean et son regard inoubliable.

—} C'est bien ce qui s'est passé pourtant, et tu le sais : la réalité dépasse, et de loin, la fiction !

— Mais… tu étais marié ! Pourquoi avoir abandonné ta femme ?!

Le vieux marin hausse une épaule, pendant qu'Yffic le lâche : il sait qu'il n'a rien à craindre de lui. Le vieil homme masse son cou malmené, où des marques rougeâtres commencent déjà à le marbrer, dues à la poigne de l'ancien militaire.

— Et si nous allions discuter de tout ça dans un endroit plus approprié et plus confortable ? Qu'en dis-tu ?

— Ok !

Les voilà cheminant l'un à côté de l'autre, et quelques minutes plus tard, ils s'installent devant le feu qui rougeoie dans la cheminée de l'hôtel de la mer. Ils commandent chacun un café, s'observant sans un mot. Jean semble porter un poids de tristesse infini, pourtant lorsque son regard croise celui d'Yffic ce dernier peut y lire aussi tout le bonheur précieux qu'il a d'être ici, en cet instant même à partager ce café avec lui.

Yffic ne comprend pas, un peu dépassé, il dit à mi-voix :

— Raconte : pourquoi me suis-tu ? Pourquoi avoir simulé ta mort ? Je me souviens combien ta disparation avait secoué tout le village : maman a pleuré pendant des jours ! J'étais p'tit, mais je m'en rappelle bien ! Alors, pourquoi tout ça ?

148

Le vieux marin repose sa tasse, se redresse, dardant ses yeux si bleus dans ceux d'Yffic.

— Marie a vraiment pleuré ?!

Yffic agacé, hausse une épaule :

— Évidemment tu étais son copain d'enfance ! Elle nous a raconté mille fois que lorsqu'elle était petite, son copain Jean était dans la même classe qu'elle et l'attendait tous les jours afin de marcher jusqu'à l'école. Il portait son cartable et gardait chaque jour un bonbon pour elle : des réglisses, ses préférés.

Le regard de Jean s'embue à ces souvenirs, ses énormes mains qui ont tant trimé, tremblent imperceptiblement. Il détourne la tête, par pudeur, afin qu'Yffic ne voit pas l'émotion qui le terrasse et qu'il ne parvient pas à endiguer. Il tente de reprendre le contrôle, avant de répondre :

— Marie était ma Princesse tandis que j'étais son Chevalier Servant, ça a été ainsi toute notre enfance ! Puis je suis parti à la pêche avec mon père et mon grand-père : ma famille n'avait pas les moyens que je fasse des études. Et puis j'aimais ça, faut le dire ! J'ai toujours eu la pêche dans le sang !

Jean soupire, boit une gorgée de café, puis poursuit :

— J'ai appris le décès de Marie, ça m'a brisé le cœur. Il m'aurait été impossible de ne pas lui dire au revoir, de ne pas être là pour l'accompagner dans ce dernier voyage. Alors je suis venu. Je n'avais pas remis un pied sur le sol français depuis plus de quarante ans, mais tant pis, pour elle j'aurais fait n'importe quoi ! Et puis le temps a coulé, plus personne ne sait qui était Jean Cornec, je ne risque pas vraiment qu'on me reconnaisse… surtout avec la gueule que j'ai aujourd'hui !

Il éclate de rire, avant de poursuivre :

— Voilà la raison de ma présence ici.

— Très bien, mais pourquoi me suivais-tu ?

Jean sort une pipe de sa poche, se souvient sans doute qu'il est interdit de fumer, la range à nouveau, avant de se lancer comme on se jette dans une eau glacée.

— J'ai voulu tout plaquer, tout recommencer, loin d'ici, loin de Marie surtout, parce que je ne parvenais plus à mentir, plus à la voir chaque jour avec un autre… C'est là tout le problème : j'ai toujours aimé Marie, rien n'a pu changer ça.

Yffic sursaute. Incrédule, il ouvre la bouche, la referme aussitôt, préférant laisser le vieux marin s'exprimer, maintenant que le voilà lancé :

— Marie c'était la vie ! Une fleur rare, douce, un rayon de soleil qui me réchauffait. Et puis un jour il y a eu ce jeune sous-officier de marine qui s'est assis à la terrasse de l'auberge, il a commandé une bière. Elle l'a servi, elle aidait sa mère pendant les vacances, elle a croisé son regard et tout était trop tard. Je n'étais que son meilleur ami, il est devenu son mari…

— C'est de mon père que tu parles ?!

Jean pousse un long soupir, et poursuit d'un ton encore plus bas, encore plus rocailleux :

— Tout n'est pas si simple gamin… Mickaël était un homme bien, il aimait sincèrement Marie, cependant parti de rien, il avait à prouver aux autres et à lui-même sa valeur. À quatorze ans, il avait été envoyé à l'école des mousses par l'assistance : il était orphelin, tu le sais. De là, il a fait carrière dans la Marine Nationale, passé le

concours d'officier et obtenu de prestigieux commandements. Il a eu une carrière incroyable, mais je ne t'apprends rien ! Toutefois pour devenir cet officier respecté, il a dû passer plus de temps en mer qu'à terre avec sa famille. Il était certainement un bon père et sans doute un bon époux, quand il était là… Marie qui n'avait déjà pas connu son père, a beaucoup souffert de cette solitude. Devoir tout gérer seule : mener d'une main l'auberge et l'hôtel à la suite de sa mère, s'occuper de ses enfants, tout en s'inquiétant pour son mari parti elle ne savait sur quelle mer, et pour quelle mission ! J'étais resté son ami, celui à qui elle pouvait tout confier. Nous nous racontions nos petites misères quotidiennes : mon mariage foireux avec Gisèle que j'avais épousée par dépit, elle son amertume de dormir seule et de se sentir, abandonnée, délaissée…

Il finit son café qui a refroidi, avant de reprendre :

— Tu ne dois pas juger de la situation, gamin, certaines choses sont arrivées, c'est tout. Ta mère était une personne merveilleuse, elle aimait Mickaël, elle aimait ses enfants et elle t'aimait de tout son cœur. C'est tout ce que tu dois retenir. Hélas, pendant une période, elle était si seule. Pendant un temps, j'avais lâché la pêche et je m'étais mis à mon compte en tant que mécano, ce qui me permettait d'avoir des horaires plus simples. J'étais là, tandis que Mickaël avait le tort impardonnable d'être absent. Durant un long hiver venteux et froid, nous nous sommes rapprochés. C'est arrivé sans que nous le voulions. Nous étions si seuls, affamés de tendresse et de chaleur. Lorsque Mickaël est rentré à Brest, après six mois de mer, elle était enceinte. Il n'a jamais rien dit, ni fait aucun reproche ou réflexion d'aucune sorte. Après ça, il a demandé une affectation au sol. Il s'est occupé de toi sans faire de différence, même si tu avais les yeux bleus, mes yeux et pas les siens… Mickaël a été ton père, il t'a nourri, éduqué, grâce à lui, tu es devenu cet homme fort qui tient sur terre, moi je n'ai été que la voie dont s'est servi l'univers afin que tu viennes au monde. Je t'ai donné une part de ce que je suis, évidemment, mais ne doute pas une seconde que Mickaël a été ton père : il t'a offert tout le reste !

Yffic reste muet. À la fois effaré, accablé, perdu aussi : il ne sait plus que penser, ni comment réagir. Ses pensées tourbillonnent dans sa tête, en un vol fou d'étourneaux. Sa mère, Marie, lui apparaît soudain sous un jour nouveau, il a l'impression terrifiante de ne plus reconnaître cette femme, sa maman douce et attentive, cette maman qui veillait sur lui avec une tendresse indéfectible et qui était aussi une femme… Une femme avec des besoins et des désirs. Et puis il y a Mickaël, son héros, celui à qui il voulait ressembler, c'est pour lui plus que pour lui-même, il s'en rend compte à présent avec une acuité troublante, qu'il est entré dans la Marine Nationale, qu'il est devenu commando, seulement pour que Mickaël le considère et peut-être quelque part, le reconnaisse. Laurent et Agnès n'ont pas cherché à prouver quoi que ce soit : ils se sont contentés de filer vers la voie qui les attirait, sans prendre en compte l'avis de Mickaël. Il réalise en cette seconde, qu'il a de toute éternité eu l'impression diffuse d'être une personne à part au sein de cette famille, qu'il devait quelque part gagner le droit d'être là. Il comprend maintenant pourquoi. C'était bel et bien le cas : il était différent et même si son frère et sa sœur ne savaient rien de sa venue au monde, ils avaient perçu des non-

dits, des sous-entendus non verbaux qui les avaient inconsciemment prévenus contre ce petit frère. À présent, tout s'éclaire. Il en éprouve dans un sens un certain soulagement, même si la révélation de son réel lignage, le laisse désemparé. Il ignore comment réagir, aussi il préfère se taire, laisser les émotions s'écouler et tenter de ne pas les bloquer par une réaction trop vive. Il voudrait se lever, vociférer à l'encontre du vieil homme que c'est faux, qu'il salit les mémoires conjointes de ses parents, mais intérieurement, il sait avec une certitude absolue que Jean Cornec a dit la vérité, toute cette vérité tue pendant des décennies, qui ce matin peut enfin jaillir, prendre sa place et exister.

Il tient la tasse en porcelaine blanche entre ses mains, sans bouger, à se demander même s'il a entendu tout ce que le vieux marin lui a confié, voire s'il est encore vivant, ou s'il ne s'est pas subitement statufié ! Au bout d'une minute ou deux qui paraissent des siècles, il laisse fuser un soupire infime, avant de dire d'un ton calme, presque neutre.

— Merci pour ta sincérité…

Puis, il ajoute, réalisant soudain tout ce que sous-entend ce changement de paradigme :

— Tu dis que tu as refait ta vie, mais… tu as une famille ? Ai-je des frères et sœurs ?

Jean lui lance un sourire. Pour toute personne qui les verrait en cet instant, ainsi assis face à face, elle ne pourrait que percevoir leurs ressemblances et cette expression à la fois tranquille et emplie d'une sorte de sérénité qui les caractérise : même sourire, même regard d'un bleu océanique, même carrure, même taille…

153

— J'ai essayé de faire table rase du passé, et d'avancer vers une autre vie. J'ai eu la chance infinie de rencontrer puis d'être aidé par une personne incroyable, qui m'a accepté comme j'étais, sans chercher à savoir qui j'étais auparavant, sans me juger non plus. Faustine m'a aimé pour ce que je suis. Sans son soutien, les regrets et les remords m'auraient amené à des extrémités navrantes… Mais elle était là, avec son rire franc, son énergie positive et sa confiance inébranlable. Faustine est un roc d'amour et d'humour. Nous vivons ensemble depuis presque quarante ans. Nous nous sommes mariés dans son village, suivant la coutume, puisque je ne peux pas me marier officiellement, je suis toujours marié avec Gisèle, bien que porté disparu ! Faustine m'a donné quatre enfants : Raoul est ingénieur agronome, Marie-Clémence est professeur de français, Capucine quant à elle, aide sa mère à tenir notre complexe de gîtes sur la côte enfin Yves-Marie, le petit dernier est médecin. Et en tout je suis neuf fois grand-père !

Yffic ouvre des yeux effarés, ne sachant que répondre, ne sachant qu'éprouver : voilà qu'à présent, sortis de nulle part, il a quatre frères et sœurs de plus, sans compter une flopée de neveux inconnus ! Il perçoit pourtant, au milieu du tumulte de ses propres émotions, la fierté de Jean, le bonheur d'une vie enfin apaisée.

— Je sais qu'avoir disparu comme ça, n'était ni très glorieux ni très courageux. Je n'en suis pas forcément fier, mais à l'époque cela m'a semblé ma seule porte de sortie. On fait parfois des choses étranges, on se met soi-même dans de petites boites dans lesquelles on étouffe et on ne parvient plus à trouver d'issue… Aujourd'hui sans doute que j'agirais autrement, mais j'ai vieilli, c'est

le privilège de l'âge, on devient peut-être un peu plus sage, moins sanguin, plus tranquille.

Yffic hoche la tête, songeant à certaines de ses réactions passées qu'à présent il ne cautionne plus. Il comprend sans peine ce que le vieux marin a pu ressentir. Lui aussi s'est enfui sitôt qu'il a pu, prenant son voilier et filant sur les mers. Lui aussi a abandonné Marie, sa fille et tout le reste. Comme Jean, à cet instant de sa vie, il lui a semblé n'avoir aucune alternative…

— Je comprends… dit-il d'un ton roque.

Il prend une longue inspiration, avant de se lancer, la gorge serrée par trop d'émotions contradictoires.

— Je suis heureux de te savoir en vie, vraiment heureux ! Je tenais à te le dire avant tout !

Il respire à nouveau profondément, soulève sa tasse, remarquant seulement qu'elle est vide. Jean fait signe à la serveuse et commande deux nouveaux cafés.

Yffic se reprend et poursuit d'une voix basse, qui ressemble à celle profonde de Jean Cornec.

— Lorsque tu as disparu, tout le monde pensait que tu t'étais noyé avec deux de tes matelots. J'avais à peine douze ans, je m'en souviens comme si c'était hier. Cela m'a fait énormément de peine : j'aimais beaucoup ta compagnie, j'aimais aller pêcher avec toi, j'aimais lorsque tu venais à la maison demander si je pouvais venir t'aider à ramasser les casiers pleins de crabes ou de homards. Tu arrivais chez nous et tu lançais à la cantonade : « il n'y aurait pas un p'tit mousse pour venir en mer ? » Je sautais de ma chaise en criant « moi, moi ! » de peur que Laurent veuille y aller. En vrai, il n'y avait guère de risque : Laurent n'a jamais apprécié la mer et encore moins les tâches physiques ! Il préférait bouquiner dans sa chambre, certainement satisfait d'échapper à ce qu'il prenait pour une corvée. Pour moi c'était déjà l'aventure ! On partait tous les deux, ma mère nous donnait un panier pour le casse-croûte et nous regardait avec un sourire. Parfois elle lançait un joyeux : « Et ne noie pas mon p'tit, hein !? » auquel tu répondais d'un rire et d'un « Y a pas de risque ! ». Et nous allions tous les deux : j'étais si fier d'être avec toi ! Tu m'as appris à aimer l'eau, le vent, à faire des nœuds, à sentir les vagues, à être un marin en somme…

Il savoure une gorgée du café que la serveuse vient de poser devant lui, avant de continuer, sans que Jean ne cherche à l'interrompre.

— Ta mort, puisque c'est comme ça que nous avons vécu ces événements, a été vraiment douloureuse non seulement pour moi, mais aussi pour maman. Je me rappelle l'entendre pleurer et pendant des semaines elle essayait de dissimuler ses yeux rouges. Elle tentait de nous cacher sa peine, mais je voyais combien elle était triste. Ça me semblait normal : je l'étais aussi ! Mais voilà tu avais disparu, et plus jamais on ne te reverrait entrer au port à bord de « La belle M » ton langoustier.

Il s'interrompt un instant, semble réfléchir, avant de reprendre :

— Je comprends ta fuite, sincèrement je comprends, mais pourquoi être revenu aujourd'hui ? Pourquoi ne pas l'avoir fait plus tôt ? Marie est partie sans savoir que tu étais vivant…

— Et toi ? Pourquoi n'es-tu pas revenu ? Rétorque le vieux marin, tout en le dardant de son regard incisif.

Yffic se fige, sans répondre : que peut-il redire à ça ? Oui, il a laissé sa mère seule, et n'a daigné sortir de sa bouderie qu'avec sa mort, puisqu'avec un peu de recul et de lucidité, cela en était une… Alors que peut-il bien reprocher à Jean, qu'il ne se reprocherait pas à lui-même !

Soudain il sursaute : midi sonne au clocher. Avec tout ça il a oublié Espéranza ! Il a d'ailleurs tout oublié : l'agent immobilier, la vente de la maison et son amertume, tout cela balayé par une cascade de révélations qui le laisse abasourdi, hagard comme s'il venait de recevoir une palette de parpaings sur la tête.

— Je dois y aller, dit-il tout en se levant.

Ne sachant plus trop que penser, il hésite, puis tend une main à Jean. La solide poignée qu'ils échangent le renvoie à ces moments d'enfance où il glissait sa main minuscule dans celle, calleuse et large, du marin.

Il se crispe, retient un tremblement et tourne les talons.

Chapitre 17

" Il n'y a rien à réussir, il n'y a qu'à agir de notre mieux. Puis lâcher tout cela, pour respirer, sourire, et vivre."
Christophe André

Dans l'anse formant une petite crique à la douceur intimiste, les vagues roulent en un mouvement lancinant en changement perpétuel. La marée monte. Un peu d'écume se forme sur les minces rouleaux qui se répandent sur le sable, faisant glisser des galets de toutes tailles qui iront s'amasser, un jour de tempête, sur le haut de la plage. Des cormorans, plantés sur des rochers, se sèchent au soleil après une pêche sans doute satisfaisante. Au loin, un navire école de la Marine Nationale, passe, impavide, tandis qu'un voilier fend la mer avec une grâce aérienne.

Espéranza s'arrête une seconde, respire à pleins poumons, évacuant du même coup toutes ses frustrations, son accablement et sa déception. L'air frais la ravigote, lui redonnant une énergie nouvelle. Elle se penche, détache la laisse de Pablo, qui n'attendait que ça ! Aussitôt il file ventre à terre sur le sable, babines au vent, fonçant agacer un groupe de mouettes. Ravi de les avoir contraintes à s'envoler, il revient en courant de toute la force de ses solides pattes, vers sa maîtresse qui le contemple d'un œil indulgent. Une caresse et il repart trottiner sur le sable mouillé, pataugeant dans l'eau qui remonte et le surprend. Espéranza s'avance d'un pas lent, les mains au fond des poches d'un blouson sans manche, ses cheveux, qu'elle a ramenés en chignon, se défont en mille mèches indisciplinées. Elle soupire, se force à nouveau à inspirer une longue goulée d'air chargé d'iode, de sel et d'amertume.

« Encore une fois, » songe-t-elle avec plus de tristesse que d'acrimonie, « encore une fois voilà que j'ai ouvert la porte de mon cœur à un homme qui s'en fiche… Pfufff qu'ai-je donc fait pour qu'ils pensent tous pouvoir me traiter comme la dernière roue du carrosse de leur vie et de leurs préoccupations ?! Merde à la fin ! » récrimine-t-elle, les larmes aux yeux. Heureusement Pablo est toujours là ! Lui c'est le seul gars sur qui je peux compter, se dit-elle sans pouvoir s'empêcher de sourire au bulldog qui saute dans les flaques abandonnées par la mer, lors de la dernière marée haute. Sa gorge se serre, tandis qu'une boule acide la renvoie à d'autres expériences du même type. Elle s'efforce de ne pas pleurer : après tout ce n'est pas un drame ! Yffic lui a posé un lapin, il avait des trucs bien plus importants et passionnants que de venir la voir et partager un repas avec elle… Elle se sent nulle, abandonnée et pathétique. Elle a attendu jusqu'à deux heures de l'après-midi, affamée devant son assiette et le plat qui avait refroidi, avant d'enfiler un blouson et de partir marcher avec Pablo.

Sa déconvenue est rendue encore plus douloureuse du fait, que pas un instant, elle n'a soupçonné qu'Yffic pouvait être comme les autres. Au contraire ! Il lui a semblé hors normes, fiable, sensible et sincère… comme quoi mieux

vaut qu'elle soit peintre plutôt que voyante : elle ne pige rien à rien !

La plage est déserte, parcourue par un frisson de vent automnal qui fait moutonner en écume fragile le sommet des vagues. Il fait frais, malgré le soleil pourtant bien présent. Espéranza grelotte, peut-être plus à cause du froid qui glace son cœur que des températures en elles-mêmes. Elle avance à pas menus, déambulant avec déception sur le sable doux. Au bout de la plage, tout un amas de roches grises a déboulé depuis la falaise, en des temps lointains. Le voilà repaire et éden parfaits pour les crabes, les coques et autres petits crustacés.

Un homme est assis sur l'un de ces rochers, son visage tendu vers l'océan. Espéranza va pour rappeler Pablo qui s'est déjà précipité vers l'inconnu, contrairement à ses habitudes, lorsque l'homme se retourne et caresse le chien. Le cœur d'Espéranza fait un bond : Yffic !

Il relève la tête et croise son regard. Malgré la distance il peut y lire sa peine et sa tristesse. Il se lève, à la fois contrit et malheureux : pas une seconde il n'a voulu la blesser ! Il s'avance d'un pas vif vers elle. Elle ne bouge pas, figée dans sa frustration et sa rancœur. Pourtant lorsqu'il est à quelques pas d'elle, elle discerne son regard brouillé de larmes, son visage décomposé. Un pas encore et il est là devant elle. Il tend une main, mais elle se dérobe : croit-il qu'il peut s'en tirer avec trois plates excuses ?

Il blêmit, remet lentement sa main dans la poche profonde de son blouson, puis murmure :

— Je suis désolé Espéranza, mais j'avais besoin de réfléchir…

161

— Tu aurais pu m'envoyer un message, histoire que je ne reste pas plantée là comme une idiote ! Rugit-elle avec une férocité alimentée par une vie entière de désillusions et de vexations.

— Pardonne-moi ! Je comprends que tu sois furieuse, mais là vraiment, ce n'est pas le moment… Tente-t-il d'expliquer tout en essayant de conserver son calme.

Elle ouvre la bouche prête à lui déverser tous les feux des enfers, lorsque soudain elle voit enfin son air dévasté, son regard perdu dans une détresse telle qu'elle annihile toute sa colère. C'est elle qui fait l'ultime pas restant, tout à coup prise d'une inquiétude qui terrasse toute ses velléités, elle le saisit par un bras en s'exclamant d'une voix où la peur fait vibrer son accent avec plus de force que d'ordinaire :

— Qu'est-ce qu'il se passe ? C'est Océane ?!

Il la dévisage, sans comprendre, balbutie un vague :

— Mais non !

C'est à son tour d'être perdu ! À la fois rassurée sur le sort de la fille d'Yffic et pleine d'une incompréhension qui monte crescendo, elle se retient de le secouer, se contentant de grincer entre ses dents :

— Si ce n'est pas ta fille, alors qu'est-ce qui se passe ? Dis-moi voyons !

Il la dévisage sans pouvoir prononcer un mot. Il passe une main hésitante sur le visage d'Espéranza, animé de vagues multiples de peurs et de désarrois. Sous ses doigts, elle frémit, refoulant son envie de le repousser, de le secouer pour enfin avoir obtenir des réponses. Elle se contient, s'apaisant même sous la caresse pleine d'une tendresse inavouée. Sans plus réfléchir,

guidée par le seul conseil de son cœur, elle oublie ses propres émotions pour n'écouter que le désarroi terrifiant qui semble anéantir Yffic. Elle le prend dans ses bras, le serre contre elle, dans une étreinte palpitante d'un amour qu'elle ignorait si intense il y a quelques minutes encore… Sans plus résister, il referme à son tour ses bras autour d'elle, puisant dans sa force vitale une nouvelle solidité. Ils restent ainsi un long moment, un moment de plénitude où toutes leurs rancœurs s'évanouissent, où leurs colères multiples disparaissent, au profit d'un apaisement tout neuf.

Le premier, il rompt le contact, en murmurant :

— J'ai appris certaines choses tout à l'heure qui m'ont fait complétement vriller. C'est pour ça que je ne suis pas venue te voir : je ne voulais pas te polluer en t'imposant mon humeur qui était tout sauf romantique !

Elle hoche la tête, le visage niché dans la chaleur de son cou :

— Tu as sans doute eu raison, mais ce comportement m'a ramenée à un passé que je voudrais tellement oublier… On a tous nos blessures, ce n'est pas simple de les occulter.

Il se penche, l'embrasse, déposant sur ses lèvres un baiser débordant de gratitude, qu'elle parvienne si ce n'est à accepter, du moins à saisir le pourquoi de son comportement.

— Je suis vraiment, mais vraiment désolé d'avoir réveillé en toi des souvenirs pas terribles, ce n'est pas du tout ce que je voulais ! Tu sais je ne souhaitais qu'être tout seul pour faire le tri dans mes pensées. Ce n'était pas contre toi !

Elle lui renvoie un sourire tendre, tout en affirmant :

— J'en suis persuadée !

163

Puis ajoute :

— Est-ce que tu veux m'en parler ?

Il respire une longue goulée d'air vif, chargé des senteurs du large, avant de lâcher d'une voix affirmée :

— Oui... tu es bien la seule à qui je veux confier ça !

Quelques instants plus tard, confortablement assis sur une roche chauffée par le soleil qui a daigné réapparaître, ses bras entourant la jeune femme pelotonnée contre lui, Yffic se lance. Il raconte tout : le vieux pêcheur et son comportement étrange, leur rencontre et tout ce qui en a découlé. Ayant abandonné tout orgueil mal placé, il parvient à résumer leur conversation, sans s'effondrer, soutenu par la bulle de confiance qui émane d'Espéranza. Elle a glissé ses doigts entre les siens, c'est une bouée à laquelle il se raccroche, sans même s'en apercevoir. La chaleur de ses mains se diffuse jusque dans son cœur, lui permettant de laisser les mots s'écouler.

Une fois son récit terminé, il poursuit, un ton plus bas :

— Je suis tellement en colère ! Je me sens perdu, comme si toute mon enfance n'avait été qu'un mensonge... J'ai l'impression d'être victime d'un canular, genre une caméra cachée tu vois, un truc bien nul et bien gros, mais non c'est la réalité ! C'est n'importe quoi ! Je crois que je ne sais même plus qui je suis exactement...

Elle resserre ses doigts sur les siens, abasourdie par la tournure des révélations. Elle reste une seconde pétrifiée, presque choquée. Elle imagine Marie, si seule, écartelée entre ces deux hommes qu'elle a aimés, chacun d'un amour si différent. Comme elle a dû souffrir, s'en

vouloir et vivre dans une culpabilité permanente. Maintenant c'est Yffic qui se voit contraint de porter le poids de ces non-dits, le poids de ces secrets. Elle se met sans peine à sa place et comprend toute cette colère qu'il éprouve : comment serait-il possible de ne pas être furieux et dépassé, enseveli par tout ça ?!

Pourtant cette émotion, quoique légitime, ne doit pas perdurer au risque de le dévaster, plus sûrement qu'une tempête au Cap Horn. Elle prend une ample respiration afin de calmer ses propres ressentis, avant de dire d'une voix douce :

— Quelle histoire ! Pauvre Marie, comme elle a dû être malheureuse… C'est normal que tu sois choqué, heurté, qui ne le serait pas ? Tu dois avoir l'impression que tout ton monde et toutes tes certitudes se sont effondrés.

Il pousse un soupir, sans répondre autrement qu'en refermant un peu plus ses mains sur celles d'Espéranza. Cette dernière poursuit, d'un ton qu'elle veut calme, posé:

— Tu sais, il y a toujours plusieurs façons de voir une situation : tout dépend de l'angle sous lequel on la regarde. Tu t'es toujours senti à part, n'est-ce pas ? Eh bien aujourd'hui tu sais pourquoi : tu as l'opportunité inouïe de pouvoir comprendre ! Marie qui a fait de son mieux afin de garder l'équilibre de sa famille, malgré l'ambivalence de ses sentiments, Mickaël qui a accepté de pardonner, parce qu'il devait aimer Marie de tout son cœur, au point d'accueillir cet enfant différent qu'il savait ne pas être le sien. Quelle force d'âme ils ont eu pour conserver une famille unie, pour t'élever avec amour, et sans doute est-ce cela que tu dois retenir : l'amour inconditionnel qui t'a entouré depuis ta naissance.

Celui de Marie, de Mickaël et celui de Jean. Tout ce fatras de secrets ne l'a été que pour te protéger, pour que tu puisses grandir comme un enfant quelconque, sans que personne ne te montre du doigt. Et puis sans doute, qu'il était aussi, quelque part, plus simple pour eux de faire comme si rien n'était arrivé. En tout cas il en a fallu du courage, du caractère et de l'amour pour qu'ils puissent surmonter tout ça !

Elle sent son souffle s'accélérer, tout comme ses battements cardiaques qu'elle perçoit contre son poignet, juste sous ses doigts un peu tachés de peinture.

Finalement, il parvient à lâcher :

— Tu as raison…

Il sent sa colère se diluer, tandis qu'une vague de tendresse et de gratitude s'abat sur lui, le prenant au dépourvu. C'est vrai qu'il a eu de la chance d'être entouré par de telles personnes. Grâce à eux, il est devenu l'homme qu'il est. Il peut les remercier !

Sans même les remarquer, des larmes coulent sur son visage, des larmes d'émotion pure et quelque part, des larmes de joie : aujourd'hui il sait qui il est vraiment.

Chapitre 18

"Les enfants sont des énigmes lumineuses."
Daniel Pennac

Mains dans la main, ils remontent vers le village, Pablo les précédant en bout de laisse. Un vent soudain frisquet les fait frissonner et se serrer l'un contre l'autre : le temps est fluctuant dans ce bout du bout du monde ! C'est avec soulagement qu'ils poussent la porte d'Espéranza. Café et feu de cheminée achèveront de les réchauffer et de les rasséréner, du moins c'est ce qu'ils imaginent, en fermant le vantail derrière eux, laissant le froid au dehors. Une agréable tiédeur les accueille, tandis que des bûches crépitent dans l'âtre. Espéranza n'a pas le temps de se demander par quel miracle un feu brûle dans la cheminée, qu'une tête brune apparaît en haut de l'escalier :

— Ahhh maman t'es là !

En deux bonds une mince jeune femme, dégringole les quelques marches et se précipite vers Espéranza.

— Coucou maman !

Mère et fille s'embrassent à grands renforts de cris de joie, puis Espéranza s'exclame :

— Mais que fais-tu là *Quérida* ?

— C'est une surprise !

— Pour le coup, oui s'en est une ! Luna je te présente Yffic un ami… Yffic, ma fille Luna, reine des surprises !

Luna dévisage le marin d'un œil joyeux, puis se tournant vers sa mère, elle lance d'un ton amusé :

— Ami, ou ami…

Espéranza sourit et rétorque :

— Rien qui ne te regarde *mi quérida* !

Tout à coup d'autres pas dévalent l'escalier : une jeune femme aux longues mèches châtains, retenues en queue de cheval, s'avance vers Espéranza, un sourire aux lèvres. Soudain son sourire se fige. Elle blêmit, son regard d'un vert doux se durcit, tandis qu'elle dévisage Yffic. Luna, sans avoir remarqué son changement d'attitude, tout à la joie de revoir sa mère, s'écrit dans un éclat de rire :

— Maman a un « ami » figure-toi !

Yffic est presque aussi pâle que la brunette qui le considère d'un regard dur, à la froideur d'un hiver Sibérien.

— C'est bien ce que je vois… murmure cette dernière, sans lâcher le marin de son œil glacé. Avant d'ajouter en s'adressant à Yffic, d'un ton plus coupant qu'une lame :

— Que fais-tu ici ? Pourquoi faut-il toujours que tu viennes nous faire chier !?

Yffic prend une profonde inspiration. Il sent son cœur cogner à grands coups dans sa poitrine, cependant qu'un froid polaire l'étouffe. Il voudrait la prendre dans ses bras, la serrer, l'embrasser, la voici devenue si grande, si belle… Sa petite fille… Il se contente de murmurer d'une voix douce :

— Bonjour Océane, je suis moi aussi très heureux de te voir…

Luna, sans comprendre, lance un coup d'œil désemparé à Espéranza, qui s'exclame :

— On va faire un thé et s'engueuler devant la cheminée : ce sera plus confortable ! Luna tu peux faire chauffer de l'eau s'il te plaît, je sors des tasses.

Quelques minutes plus tard, les voilà installés devant le feu. Une agréable odeur de bergamote s'échappe de la théière, tandis que Luna coupe une appétissante tarte amandine qu'elle a fait la veille et transporté dans le train, jusqu'à Brest.

Océane s'est posée sur un tabouret bas, en bois, le plus loin possible de son père, qu'elle dévisage dans un silence glacial, le visage fermé, les lèvres closes sur mille reproches qui se bousculent toutefois dans son regard gris de colère. N'y tenant plus, elle explose :

— Pourquoi tu reviens maintenant ? Tu nous as laissé tomber il y a dix ans !

Yffic sursaute, se maîtrise avant de dire d'un ton qu'il s'efforce au calme :

— Il y a eu le divorce, ça a été une affreuse période…

— Le divorce n'excuse pas tout, gronde Océane avec furie.

— Oui, tu as parfaitement raison ! Tu sais parfois on agit de manière impulsive. Je suis parti, je regrette de ne pas être revenu te voir, mais je t'ai écrit très souvent, envoyé des cartes postales de tous les coins du monde où je suis passé.

Océane tique, grommèle :

— Des cartes postales ? De quoi parles-tu ?

169

— Je t'ai envoyé des cartes, il n'y a jamais eu de réponse, je n'en attendais pas, même si j'aurais aimé avoir de tes nouvelles, recevoir une photo… enfin c'est le passé…

Océane pâlit un peu plus, ses mains tremblent autour de sa tasse qu'elle a oubliée :

— Je n'ai jamais eu le moindre mot ou courrier de ta part… balbutie-t-elle.

Yffic la fixe, sans comprendre ou plutôt en saisissant trop bien ce qui a pu advenir de tous ces mots. Une colère ancienne, issue d'un passé qu'il imaginait clos, remonte de ses entrailles dans un flot de bile qui lui donne une brusque nausée. Nathalie… Évidemment, Nathalie qui a tout fait, y compris l'abominable, afin de lui soustraire sa fille. Les mensonges déversés en flot continu lors du divorce, ne lui ont pas suffi : il a aussi fallu qu'elle vole le restant de contact et d'affection qui pouvait exister entre Océane et lui.

Il va pour ouvrir la bouche sur le torrent d'épithètes et d'invectives violentes qui le submerge, lorsqu'il croise le regard d'Espéranza. Une force pure de compréhension et d'amour le prend au dépourvu. Elle lui renvoie un sourire doux, apaisant, qui soudain le ramène dans le présent, dans cet ici et maintenant, loin d'un passé plein de griefs. Il referme la bouche, respire une longue goulée d'air chargé d'odeurs de bois sec, de fumée et de peinture, puis retournant un sourire calme à sa fille, il murmure d'un ton si ce n'est serein, du moins posé :

— Il s'est passé beaucoup de choses ma puce, c'est certain… Il ne faut pas juger hâtivement des faits des uns et des autres, ce qui compte c'est bel et bien aujourd'hui ! Je suis si heureux de te voir, si magnifique, si épanouie. Raconte-moi plutôt ce que tu fais !

Prise au dépourvu, Océane, ne sait que répondre. Elle a des souvenirs de disputes homériques entre ses parents, des colères affreuses de son père qui la laissaient terrifiée, dans un recoin de sa chambre, son doudou fétiche, une grosse licorne blanche devenue grise avec le temps, serrée contre elle, tandis qu'elle entendait la grosse voix d'Yffic gronder au rez-de-chaussée de leur maison. Et maintenant le voilà aussi souriant et calme que le Dalaï-Lama ! Les sourcils arqués sur une stupéfaction qui lui coupe toute parole, elle ne peut que rester là, effarée, bouleversée, réalisant que sa mère n'a pas été si blanche que ça, dans tout ce qui est advenu. Pour une raison qu'elle ignore, mais qu'assurément elle creusera la prochaine fois qu'elle verra sa mère, celle-ci lui a pris le peu qui lui restait de son papa, la forçant à se détacher de lui dans la rancœur et la colère…

Yffic peut lire toutes les émotions qui vrombissent et agitent le cœur de sa fille, aussi facilement qu'il le faisait lorsqu'elle était petite. En cela elle n'a pas changé !

— Ta mère a sans doute pensé que pour te protéger elle devait agir d'une certaine manière, je n'ai moi-même pas été formidable : j'aurais pu t'appeler, te téléphoner. Je ne l'ai pas fait, je me suis contenté de t'écrire… On a fait ce qu'on pouvait avec ta mère, mais j'en suis certain, pour rien au monde nous ne voulions que tu sois affectée et malheureuse à cause de nos décisions d'adultes. Même si tu en as été atteinte, nous voulions seulement que tu sois heureuse, hélas avec ta mère nous avons fini par évoluer différemment, à ne plus partager ni envie ni projet, à devenir des étrangers l'un pour l'autre. Ce fut un constat triste et amer, nous n'avions alors guère d'autre choix que de prendre chacun de notre côté la route qui nous emmenait au loin… Sans doute ai-je une immense part de responsabilité là-dedans : j'ai choisi de devenir militaire, puis commandos, en toute connaissance de cause, même si je ne réalisais pas forcément la portée que ce choix faisait porter sur les épaules de ta mère. Je savais néanmoins le style de vie que j'adoptais : les absences longues, la solitude que j'avais observée enfant avec ma propre mère, qui telle Pénélope, attendait le retour de son mari. Sans doute ai-je pensé que c'était quelque chose de normal, que Nathalie pouvait chausser à son tour les sandales de Pénélope, la pauvre… C'était un choix injuste et égocentrique, je m'en rends compte aujourd'hui. À l'époque je ne voyais pas du tout les choses de cette manière : j'étais jeune, ambitieux, je voulais faire mes preuves et montrer que j'étais quelqu'un de fort. Que ce soit au détriment de Nathalie ne m'avait même pas effleuré ! Par chance on évolue et on à l'opportunité de réfléchir. Même si rien ne peut changer le passé, on peut agir dans le présent afin de dessiner un futur qui nous convienne mieux.

Océane dévisage son père comme si elle le découvrait, comme si elle ne l'avait jamais vu auparavant. Sa mère lui a dit, répété, seriné tant de fois son égoïsme, soulignant chacune de ses failles d'un trait indélébile. Maintenant voilà qu'il est là, ouvert, tranquillisé, empreint d'une sérénité qui la stupéfie.

— Tu as tellement changé, ne peut-elle s'empêcher de s'exclamer. Qu'est-ce qui t'es arrivé ? T'es parti faire un séjour dans un monastère bouddhiste ?

Il éclate d'un rire franc, léger, avant de répondre avec une grande douceur :

— Non ma puce, c'est seulement la vie qui m'a distillé ses leçons, me tapant sur les doigts si je n'écoutais pas ! J'étais empli de certitudes, maintenant je n'en ai plus, j'essaie d'accepter ce qui arrive, même si c'est compliqué…

En disant cela, il lance un coup d'œil à Espéranza qui boit son thé à petites gorgées, sans le quitter des yeux. Dans son regard pétillant de tendresse, d'admiration aussi, il découvre la puissance de son amour, la force qui émane d'elle. Cela le rassure, le conforte dans ce qu'il est à présent. Il continue, plus sûr de lui :

— Lorsque nous nous sommes rencontrés avec ta mère, nous étions très jeunes, pleins de feu, de rêves, d'envies. Puis petit à petit l'amour s'est fatigué, les disputes stupides ont pris le pas sur la complicité, l'amour a fini par s'enfuir… C'est un schéma classique ! Rien de bien original là-dedans ! Nous n'avons pas su travailler à notre bonheur, nous n'avons pas œuvré à étayer jour après jour notre relation, pensant que l'amour était acquis, ce qui est totalement faux ! Ces derniers jours, j'ai compris pas mal de choses…

Il se penche, saisit le livre de raison resté sur la table, et le tend à Océane :

— Ce carnet a contribué à bien déstabiliser tout ce que je prenais pour certain, et d'autre part Espéranza m'a aidé à me secouer et à percevoir le monde sous un autre angle…

En disant cela, il tend une main à la peintre, qui dans un sourire plein de connivence, abandonne la sienne, délicate et essaimée d'un nuage pointilliste indigo, violet et bleu outremer.

Assaillie par un flot continu d'étonnement, Océane prend machinalement le carnet, le considérant avec autant de stupéfaction que la main de son père tenant celle d'Espéranza. Luna semble tout aussi perdue ! Statufiée par ce que ce geste révèle d'intimité, de relation, elle balbutie :

— Maman ! Vous êtes ensemble avec le père d'Océane ! Mais je le crois pas !

Espéranza lance un bref coup d'œil à Yffic en éclatant de rire :

— Remets-toi *querida* ! Il n'y a rien de grave, bien au contraire !

— Mais enfin… Maman ! s'insurge Luna.

— *Querida*, tu ne me racontes pas tout de ta vie, c'est bien normal, eh bien c'est pareil pour moi, voyons !

— C'est vrai que ça fait bizarre, murmure Océane d'une petite voix, mais ce qui m'interpelle quand même le plus, c'est ce carnet, c'est quoi ?

Yffic lui retourne un sourire très doux en disant :

— Tu as raison ! Notre relation avec Espéranza est importante pour nous deux, toutefois ce qui est contenu entre ces pages est autrement plus grave avec des conséquences bien plus sérieuses pour toi.

Effarée, presque inquiète, Océane bredouille :

— Mais qu'est-ce que c'est ?!

— Le livre de raison de Jeanne, ton arrière-grand-mère…

Chapitre 19

*"On peut quelquefois retrouver un être, mais non
abolir le temps."*
Marcel Proust

Luna et Espéranza sont parties balader Pablo, puis sont revenues glacées par le vent annonciateur de l'hiver, avec des pizzas brûlantes, aptes à réchauffer et ravigoter tout un chacun !

Yffic et Océane se sont à peine interrompus dans leur lecture du journal de Jeanne. Ils ont englouti leurs parts de pizzas sans même savoir ce qu'ils mangeaient. Cela a fait sourire Espéranza, émue de constater l'affection partagée du père et de sa fille. Elle a fait signe à Luna de débarrasser, a remis du bois dans le feu, a nourri Pablo puis accompagnée par Luna, elles ont laissé Yffic et Océane à leur discussion et à leurs retrouvailles.

Le lendemain, en se levant, Espéranza trouve Yffic endormi dans le fauteuil en cuir, près du feu qui rougeoie encore. Océane est pelotonnée sous le plaid en laine, Pablo sur les pieds. Le livre de raison est posé sur la table, au milieu de tasses de café froid. Au bruit des pas de sa maîtresse, Pablo ouvre un œil, redresse la tête, une babine coincée sous une dent, dans une expression de fatigue proche d'un retour de fête et d'un réveil post cuite !

Espéranza ne peut s'empêcher de rire, tandis que le bulldog s'étire, baille de toutes ses babines et se laisse mollement dégouliner du canapé, afin de venir quémander une caresse revitalisante. Cela suffit pour qu'Yffic se réveille. Il croise le regard d'Espéranza, lui retourne un sourire joyeux. Avec un bonheur adolescent, elle grimpe sur ses genoux, fond contre lui et l'embrasse avec toute sa vigueur trépidante.

— Bonjour toi…

Sans répondre, il l'enserre entre ses bras, glisse une main sous son pull, heureux de retrouver la tiédeur de son corps gracile, mesurant une fois encore la chance infinie qu'il a de l'avoir rencontrée.

Océane s'agite dans son canapé, Pablo grommèle après son petit déjeuner, tandis que Luna descend l'escalier en baillant. Espéranza, glousse, embrasse une dernière fois Yffic, avant de constater :

— Eh bien je crois qu'il est temps que je fasse couler le café !

Yffic retient un rire, se lève, attrape la laisse de Pablo, glisse un baiser dans le cou d'Espéranza, avant de dire :

— Avec Pablo nous allons chercher du pain et de quoi déjeuner !

Le feu pétille dans la cheminée, tandis qu'assis autour de la table basse, chacun savoure le café bien chaud et les croissants encore tièdes.

Océane a les traits tirés, Yffic une barbe naissante dont il se fiche copieusement. Tout ce qui compte, ce sont leurs sourires complices, leurs regards tranquillisés, enfin.

Yffic engloutit son café et deux croissants, puis s'exclame en s'adressant à Océane :

— Le temps est magnifique ce matin et la marée est avec nous : prête pour un tour sur le « Mickaël » ?

Océane le dévisage, le cœur battant : ses virées en mer, seule avec son père, font partie des meilleurs souvenirs de son enfance. Pour elle, le « Mickaël » est une sorte d'entité vivante bien loin d'un simple voilier. Elle va pour éclater d'un oui massif, se retient, songe à son amie et à Espéranza, mais cette dernière s'écrie à sa place :

— C'est ça allez faire un tour, avec Luna on a des masses de trucs à faire !

Luna considère sa mère, sans saisir quelles sont ces masses de trucs, mais elle approuve en hochant la tête, heureuse que sa copine puisse renouer avec son père. Plus que tout, Océane a besoin de temps en tête à tête avec son père : ils ont dix ans à rattraper !

Sans plus hésiter, trop heureuse de cette opportunité offerte par sa meilleure amie et sa mère, Océane s'exclame à son tour :

— C'est OK, juste le temps de m'habiller et on y va !

Une heure plus tard, un voilier aux voiles rouge ocre, gonflées par un souffle porteur, double la pointe qui surplombe le port et s'élance vers le large. À la barre, un marin au regard aussi bleu que l'océan se concentre sur le pilotage

tandis qu'assise à l'avant, une jeune femme au sourire éclatant, pieds nus sur le pont en teck, se laisse bercer par le roulis familier. Ses mèches brunes flottent dans le vent, tandis qu'elle retrouve des sensations oubliées, enfouies dans son enfance.

Un gros goéland vole à côté du bateau, dans une harmonie presque symbiotique.

— Eh tu ne vas pas lézarder comme ça toute la journée ! Viens donc prendre la barre ! s'écrie le marin.

Océane se retourne, un sourire empli d'une joie enfantine, répandu sur tout son visage. En deux bonds elle est auprès de son père.

— Ça fait longtemps… Je ne crois pas que je saurai encore, murmure-t-elle avec appréhension.

— Ne t'en fais pas, pose tes mains sur la barre, tu vas te souvenir… rétorque doucement Yffic, tout en lui prenant les mains et en les plaçant sur le bois vernis, attiédi par le soleil.

Océane sent son cœur bondir, en une fraction de seconde, en un instant de vent et d'embruns, tout lui revient : elle est à nouveau cette petite fille folle et sauvage aux mèches emmêlées qui ne rêve que de vagues, de tempêtes et du cri des baleines. Aussitôt elle retrouve tous ces réflexes lentement inculqués par son père. Sous sa main le voilier se fait souple, docile comme un pur-sang qu'on caresse. Petite, elle pensait que le « Mickaël » était une personne, une sorte d'entité marine à qui elle parlait, lui confiant tous ses menus secrets d'enfants. Ce matin elle n'a aucun

doute : le « Mickaël » l'a reconnue, aussi heureux qu'elle de ses retrouvailles, il caracole sur les vagues. Elle a vingt-huit ans, elle est ingénieur, pourtant elle ne peut pas douter que l'âme du voilier existe, et que lui aussi se réjoui de la revoir. Elle perçoit dans son dos la présence de son père tandis que sous ses pieds nus, le voilier roule sans à coup. Sans qu'elle ne puisse rien y faire, des larmes débordent et coulent une à une sur ses joues, avant d'être emportées par le vent.

— Eh ça ne va pas ? Demande Yffic soudain inquiet.

— Si si ça va… Ne t'en fais pas… Bafouille-t-elle d'une petite voix piteuse. C'est que tout ça, c'est beaucoup, tu comprends…

Il hoche la tête. Oui ça fait en effet beaucoup de révélations à ingérer d'un seul coup, sans compter le bouleversement de se retrouver tous les deux. Tout ça est plutôt perturbant, il en sait quelque chose !

Alors pour ne pas, pour une première fois, s'épuiser dans une longue course, il l'invite à prendre le cap d'une crique abritée où ils se rendaient souvent ensemble. Enfant elle se jetait dans l'eau tour à tour vert émeraude ou bleu turquoise, dans de grands ploufs joyeux et de cris stridents, lorsqu'elle entrait au contact de l'eau fraîche. Ils pique-niquaient là, Yffic tentait de pêcher tandis qu'Océane affirmait rabattre les poissons vers ses lignes ! Ils ne prenaient pas beaucoup de prises, mais ils riaient, et c'était l'essentiel.

Lorsque le « Mickaël » aborde la crique protégée par de hautes falaises grises, surplombée par la lande, Océane ne peut plus retenir ses émotions. Ses mains tremblent tandis qu'elle aide son père à sortir l'ancre et affaler les voiles.

Une fois fait, il la prend dans ses bras et la berce, en murmurant comme lorsqu'elle était encore sa minuscule petite fille :

— Qu'est-ce qu'il y a mon p'tit bigorneau ?

Entendre son surnom revenu des tréfonds de son enfance, la fait éclater de rire et redouble ses larmes. Elle est submergée.

— Allez, t'en fais pas, tout va bien se passer ! On va commencer par boire un café, d'accord ?

Elle approuve d'un hochement de tête, tout en reniflant bruyamment.

Quelques minutes plus tard, les voilà confortablement installés à l'arrière, une tasse de café bien chaud à la main. Le soleil a daigné sortir et dans cette baie pas un souffle de vent ne vient refroidir l'air, qui malgré la saison déjà bien avancée, paraît encore tiède.

Natcha s'étale dans un soupir d'aise sur le pont, dans une flaque de soleil, cependant que Serge, sautille à côté d'Yffic, réclamant une miette de pain. Océane savoure son café, contemple son père, observe chacun de ses gestes, sans comprendre ni comment ni pourquoi ils se sont tant déchirés avec Nathalie. Enfin, c'est de l'histoire ancienne, le temps a filé, même si elle ne trouve pas qu'Yffic ait beaucoup vieilli. Ses cheveux sont à présent poivre et sel, c'est vrai, toutefois il n'a perdu ni en carrure, ni en force. Elle le retrouve tel qu'il était il y a dix ans, à la fois sec et solide. Peut-être ses traits sont-ils plus marqués, son visage un peu plus tanné par le temps, la mer, le soleil et le vent, mais il n'a pas changé. C'est un peu comme si le temps, toutes ces années, cette longue et interminable

décennie, n'avaient pas existé : de même cela n'a pas semblé laisser de traces sur Yffic, les voilà tous les deux comme avant, dans la même connexion, la même complicité. Elle est à nouveau son p'tit bigorneau et lui, son père grand et fort.

Yffic baille, coupe deux tranches de pain, les tartine de pâté Hénaff, en tend une à Serge qui s'en saisit avec délicatesse, avant de sautiller la déguster un peu plus loin.

— Pouarf, les nuits blanches, c'est plus de mon âge, rigole Yffic.

— N'importe quoi ! rétorque Océane avec force, tout en chapardant le bout de pain qu'il s'est tartiné.

Comme jadis, il fronce les sourcils sur une fausse colère, et remarque d'un ton goguenard :

— Te voilà pire que Serge, dis donc !

Elle hausse une épaule désinvolte, finit d'engloutir la tartine, et soupire de bien-être. Puis elle murmure d'une voix douce :

— Merci de m'avoir permis de lire les secrets de Jeanne, de comprendre un peu mieux ma propre histoire. Merci aussi de m'avoir confiée tout ce dont tu m'as parlé cette nuit : ta vie de militaire, ta propre version de ton histoire avec maman… jusqu'à présent je n'avais que ses interprétations à elle des événements. Je suis vraiment contente que nous ayons pu échanger sur tout ça !

Il la regarde, sourit et la laisse poursuivre, sans l'interrompre.

— C'est vrai, c'est beaucoup à la fois : je ne m'attendais absolument pas à te voir en venant passer le week-end chez Espéranza ! Te revoir, apprendre tous ces trucs de fou sur notre famille, apprendre que tu as pécho la mère de ma meilleure amie et qu'en plus tu as un goéland, franchement tu avoueras qu'il y a de quoi être chamboulée, hein !

Un ton plus bas, d'une voix qui tressaute soudain, elle balbutie :

— Merci vraiment papa d'être revenu, tu m'as tellement manqué...

Puis elle éclate en sanglots dans les bras de son père.

Une fois tous les deux un peu remis, il remarque d'une voix basse :

— Je ne t'ai pas tout dit...

Hébétée, elle le dévisage, la bouche ouverte, sans plus pouvoir prononcer le moindre son.

— Je crois que le mieux c'est que tu le rencontres...

— Mais qui papa ?

— Celui qui te racontera la suite de l'histoire.

En début d'après-midi, le « Mickaël » rentre lentement au port, glissant jusqu'au ponton avec la grâce éthérée d'un oiseau. Océane attache les amarres, retrouvant sans y penser, les gestes mille fois exécutés. Yffic ne vérifie même pas : il a une confiance absolue en elle. Elle enfile à nouveau ses Converse, avant de se tourner vers son père :

— Alors où va-t-on ?

— On va le retrouver à l'hôtel de la mer, je lui ai envoyé un message.

— Mais papa, qui est ce « on » ? Tu m'inquiètes !

— Ne t'en fais pas, d'accord ! Allez viens.

D'un même pas, le père et la fille longent la jetée, puis remontent vers le village. La marée baisse lentement, dévoilant de menus crabes galopant autour de roches couvertes de varech. Bientôt, les bateaux amarrés à quelques pas en contre bas, se retrouveront couchés sur le flanc, tels de paisibles animaux marins en pleine sieste.

En quelques minutes à peine, Yffic pousse la porte peinte en bleu du restaurant de l'hôtel. D'un coup d'œil il embrasse la salle. Au fond, à la table où ils s'étaient déjà installés, Jean Cornec les attend, une tasse de café posée devant lui. Il tripote machinalement sa pipe sans néanmoins faire mine de la fumer.

— Bonjour Jean, lance Yffic à mi-voix.

Le vieux marin relève la tête, tandis qu'un sourire se forme dans la broussaille de sa barbe et éclaire son regard, qui soudain, s'illumine.

— Salut mon p'tit ! s'exclame-t-il en serrant la main que lui tend Yffic, avant de s'adresser à Océane, plantée à côté de son père, le cœur battant d'un trouble qu'elle ne comprend pas et qui pourtant, lui comprime la gorge.

— Alors c'est toi Océane… Jolie nom pour une bien belle sirène ! Je suis tellement heureux de te connaître !

Puis un ton plus bas, il ajoute tout en la considérant avec une acuité chargée d'émotion :

— Tu ressembles à ta grand-mère… Tu ressembles à Marie, tu as le même sourire…

Il range sa pipe, commande d'autres cafés, puis sans plus tergiverser, il raconte son histoire :

celle de ce petit garçon amoureux fou… Il raconte le naufrage, sa disparition. Il va droit au but sans négliger toutefois aucun détail. Il tient à ce qu'Océane puisse comprendre et appréhender toute la vérité sur les événements.

Une fois terminée, il se tait.

Océane est toute pâle. Elle jette un coup d'œil à son père, guettant ses réactions, prête à repousser et nier d'un bloc les confidences du vieil homme, le qualifiant de vieux fou, quant à ses paroles, d'élucubrations, de délires et même de calomnies. Pourtant Yffic semble accepter tout ce qui a été dit comme une vérité absolue.

Elle bégaye :

— Papa, ce sont des conneries… Les révélations affreuses de grand-mère Jeanne d'accord, mais là !

Yffic lui retourne un mince sourire, triste, avant de répondre :

— C'est pourtant la vérité… Lorsque j'ai été conçu, bah Mickaël était embarqué : il était parti pour six mois et moi, bah je suis né cinq mois après son retour…

Sans pouvoir se retenir, elle se met à pleurer. Toutes ces confidences, en si peu de temps, bouleversent et chamboulent la stabilité de son petit monde, pourtant si c'est choquant pour elle, elle n'ose imaginer ce que son père ressent ! Lui pour qui Mickaël était le héros, son modèle et maintenant il n'est même plus son père…

Son cœur se brise à cette pensée qui la transperce telle une lame, une lame de fond de celle qui engendre des tsunamis.

— Oh papa, je suis si désolée… parvient-elle à bredouiller entre ses larmes.

Il lui retourne un sourire, tapote son bras, cherche un mouchoir en papier dans ses poches, en trouve un paquet qu'il lui tend, tout en murmurant :

— Ne t'en fais pas ! Ça va aller. Et puis mieux vaut savoir une réalité, même dérangeante, que rester dans une ignorance facile, la tête dans le sable. Qu'en penses-tu ?

Elle se mouche, hoche la tête.

— C'est pas faux… Et puis maintenant j'ai un grand-père bien vivant, des oncles et tante africains et plein de cousins, c'est cool hein ?

Sa courageuse tentative afin de voir le bon côté de la situation, réconforte Yffic, lui apportant soudain des perspectives plus vastes, lui ouvrant d'autres horizons que ceux de sa désillusion, finalement égocentrique.

Océane se mouche une nouvelle fois, boit une gorgée de café à peine tiède, avant de s'exclamer :

— Tu vois papa, à présent tu sais tout ou presque de ton histoire, de l'histoire de notre famille et franchement, même si c'est un choc, tu as raison : mieux vaut savoir que rester dans l'ignorance toute sa vie ! Là tu vois je pense à Espéranza : figure-toi qu'elle ne sait rien sur son père ! C'est fou ! Elle est venue ici, dans notre village parce que son père en était originaire, c'est tout ce qu'elle sait… C'est Luna qui m'a raconté ça, c'est affreux !

— Oui, je sais, Espéranza m'en a touché un mot…

— Nous devons chercher et trouver qui il était ! Quelle était son histoire, tu ne crois pas ?

— Peut-être puis-je aider, les interrompt Jean. Ce gars dont vous parlez, devait avoir le même

âge que moi, du moins je devais le connaître, au moins de vue : après tout nous n'étions pas tant de jeunes garçons ! Comment s'appelle-t-il ?

— Il s'appelait Louis Postec, il est décédé il y a quelques années. Il a semble-t-il passé sa vie en Espagne sans jamais revenir en Bretagne. Explique Yffic. C'est en effet possible que tu le connaisses.

À la simple évocation de son nom, Jean a brutalement pâli. Il reste silencieux, encaissant ce coup qui fait remonter tant de lointains souvenirs, de ceux qu'il a préféré oublier.

Enfin d'un ton froid, sec, il lâche entre ses dents :

— Louis Postec, évidemment je le connaissais…

Il prend une longue inspiration, avant de se lancer dans un récit bref et concis. Une fois terminé, Yffic et Océane le dévisagent avec effroi. La révélation est abrupte. Comment raconter ça à Espéranza ?!

— On ne peut pas dire ça ! se récrie Océane.

— Tout à l'heure, tu disais qu'il valait mieux savoir, Espéranza a le droit de connaitre les raisons de pourquoi son père n'est pas revenu en Bretagne, tu ne crois pas ? Nous sommes adultes, elle l'est aussi, et personne n'a envie d'être traité en enfant. Lui cacher cette vérité serait l'infantiliser, tu t'en rends bien compte !

Océane est effondrée, cependant elle est bien forcée de reconnaitre que Jean a raison.

Maintenant, comment lui annoncer ?

Chapitre 20

"Sans la tendresse l'amour ne serait rien."
Marie Laforêt

Luna et Océane sont parties sac à dos afin de marcher quelques jours le long du chemin côtier, profitant de la demi saison sans trop de touristes.

Espéranza et Yffic se retrouvent seuls, un peu hébétés par le remue-ménage créé par la présence des filles. Espéranza se laisse choir dans le canapé en poussant un soupir :

— Ouf nous voilà tranquilles ! dit-elle en riant, néanmoins Yffic n'est pas dupe.

Elle a adoré cette visite impromptue, toutefois elle n'a pas tort, même si revoir Océane a été un moment hors norme, renouer avec la quiétude de leur journée à deux, lui procure une joie douce.

Elle lui lance un coup d'œil radieux, puis d'un bond s'arrache du canapé, grimpe sur ses genoux et se love contre lui. Avec bonheur, il referme ses bras autour d'elle, heureux de ce corps chaud qui fond contre lui. Quelques mèches échappées de sa queue de cheval viennent chatouiller son nez, peu importe, il est bien. Rien ne peut être mieux.

Pourtant il doit briser ce moment. Il voudrait reporter à plus tard, mais il a bien conscience, que plus il attendra, plus cela deviendra compliqué.

S'il ne parle pas maintenant peut-être ne le fera-t-il jamais. Alors il se lance :

— Espéranza, en fait j'ai rencontré quelqu'un qui connaissait ton père…

Stupéfaite, elle se redresse, le cœur battant d'espoir :

— Quoi ? Mais c'est génial ! Je pourrais le rencontrer ?

Cachant son trouble, il s'entend répondre :

— Oui bien entendu…

Il sait que le récit que va lui faire Jean, lui brisera le cœur, mais elle a le droit de savoir, elle a le droit non seulement de connaitre la vérité tout autant qu'on ne la traite pas en personne vulnérable voire faible. Alors il envoie un SMS à Jean, lui demandant s'il peut passer.

Une demi-heure plus tard, on toque à la porte. Le café vient tout juste de terminer de couler, répandant un arôme gourmand dans toute la maison. Yffic ouvre, invite Jean à entrer, tout en lui serrant la main. Dehors un vent de tornade se lève, accompagné par une pluie drue, tourbillonnante au gré des bourrasques.

Jean ôte son ciré qui a dû en voir bien d'autres, laisse ses bottes à l'entrée tandis qu'Espéranza s'avance vers lui. Elle accueille le vieil homme avec un souriant rayonnant, qui à lui seul illumine la pièce, chassant la grisaille amenée par la pluie.

— Bonjour, monsieur Cornec, je suis Espéranza, Yffic m'a raconté pour Marie, pour Mickaël, pour vous… Je suis heureuse de vous connaitre.

— Laisse tomber les messieurs, p'tite, appelle moi Jean, comme tout l'monde ! Les messieurs c'est bon pour les bourgeois !

— D'accord ! On peut s'asseoir près du feu, avec le temps qu'on a ce sera plus agréable ! J'apporte le café !

Dans un tourbillon de feu follet, elle est déjà du côté de la cuisine, préparant en quelques gestes vifs, un plateau chargé de tasses, de biscuits et d'un pot rempli de café.

Les deux hommes la suivent du regard, souriant de son exubérante force de vie. Jean lance un coup d'œil à Yffic, tout en lui confiant dans un murmure :

— Tu es bien chanceux mon gars, j'espère que tu t'en rends compte…

Yffic hoche la tête, sans trop savoir que répondre. Oui c'est vrai, Espéranza est apparue dans sa vie tel un rayon de soleil dans un hiver rigoureux, toutefois cela fait si peu de temps qu'ils se connaissent, il refuse d'être à nouveau déçu. Il ne veut donc rien projeter ou espérer…

— Allez asseyez-vous, s'exclame Espéranza de sa voix aux tonalités brûlantes d'un soleil Ibérique.

Yffic comme à son habitude, s'installe dans le fauteuil en cuir, tandis que Jean prend place dans celui qui lui fait face. Espéranza et Pablo ont le canapé pour eux seuls.

Une fois le café servi, Jean se tourne vers Espéranza qui grignote un biscuit.

— Tu dis que ton père s'appelait Louis Postec, c'est ça ?

Elle approuve d'un sourire, émue. Enfin elle va savoir ce qui a poussé son père vers l'Espagne tout en renonçant à son propre pays, sa famille, son village…

— J'ai bien connu Louis, on avait quasiment le même âge. Il devait p'être avoir deux ou trois ans de plus que Marie et moi, cependant nous étions ensemble dans la même classe étant p'tits. Le village ne comptait pas tant d'enfants, aussi les classes avaient plusieurs niveaux. Louis était un gars solide, qui aimait rire, plaisanter. Il avait beaucoup de succès avec les filles, faut dire qu'il était beau gosse ! Et puis il était débrouillard, toujours dans des combines…

Il est parti en apprentissage pour être charpentier de marine. Il revenait de temps à autre au village voir sa famille. Le problème, c'est que ses p'tites combines de gamins ont pris une autre dimension. C'est peut-être ça, enfin je ne sais pas trop ce qu'il pensait, en tout état de cause, il y a eu ce bal, comme il y en avait souvent dans l'temps. J'y avais emmené Marie : comme toujours son père m'avait ordonné de faire attention à elle, même si je n'avais pas besoin qu'il me le dise pour prendre soin d'elle !

— Euh désolée de vous interrompre, mais que vient faire mon père dans vos souvenirs avec Marie ?

— J'y viens, ne t'en fais donc pas… Nous étions donc à ce bal, nous devions avoir seize ou dix-sept ans, je ne sais plus très bien au juste. Le temps s'écoule et la mémoire se draine ! Bref, Marie était resplendissante dans une robe à carreaux vichy. Le rose de sa robe était un écrin pour sa peau pâle tandis que ses longs cheveux dorés tourbillonnaient autour d'elle. Sincèrement aucune fille ne pouvait se comparer à elle : elle était magnifique, en toute objectivité !

Yffic retient un sourire. Le vieux marin est si touchant. Ses yeux pétillent de mille étoiles, revivant le bonheur éblouissant de la scène, revoyant sa jeune amie danser sous la lune, insouciante et céleste. Il se garde pourtant de l'interrompre.

— La soirée s'avançait sans qu'on y prenne garde : nous étions juste heureux d'être là à pirouetter au rythme du mambo et du rock. Marie est partie se rafraichir aux toilettes, tandis que j'allais au bar nous commander deux colas. Comme elle ne revenait pas, j'ai commencé à m'inquiéter. Soudain une angoisse m'a transpercé, sans que je comprenne pourquoi. Je me suis levé d'un bond et j'ai couru jusqu'aux toilettes des filles. J'ai appelé Marie. Pas de réponse. Mon cœur battait de manière complétement folle. Une nana qui sortait des WC m'a dit :

« Tu cherches Marie ? Bah elle était là il y a cinq minutes, puis elle est partie avec Louis… »

Louis… Une boule affreuse s'est formée dans ma gorge. J'ai couru jusqu'au parking, appelant toujours Marie. J'étais inquiet. J'ai aperçu la camionnette de Louis. Je me suis précipité. Là dans l'ombre de la lune et des étoiles, deux personnes face à face. J'ai reconnu la voix de Marie, ma Marie, qui murmurait :

« Laisse-moi tranquille Louis, j'ai pas envie de ça… »

De quoi parlait-elle ?

En deux enjambées j'étais près d'elle. Louis lui tendait quelque chose, une cigarette bizarrement roulée dont l'odeur prégnante n'était pas celle d'une Camel ou d'une Malboro…

Mon sang n'a fait qu'un tour. J'ai saisi Louis par la veste et l'ai propulsé en arrière. Louis s'est aussitôt précipité vers moi, mais j'étais furieux, au-delà même de la colère. J'ai fermé mon poing et je l'ai cueilli au vol. Il s'est affalé dans l'herbe drue, le nez en sang. Je l'ai choppé par le col, roué de coups : je ne savais plus ce que je faisais. J'étais terrassé par le dégoût, la fureur. Peut-être l'aurais-je tué si Marie ne m'avait pas arrêté.

Louis n'était plus qu'un tas sanglant et pathétique, gisant à mes pieds. Je me suis penché vers lui et d'un ton glacé, j'ai glissé à son oreille :

« Si jamais tu remets un pied au village, cette fois je te termine… »

Il a pris cette menace au sérieux, et croyez-moi, elle l'était ! Il a, m'a-t-on dit, terminé sa formation puis il a filé vers le sud, où on avait besoin de bons charpentiers sur des chantiers navals. Ni Marie ni moi n'avons plus jamais entendu parler de lui. Il écrivait semble-t-il à ses parents, mais personne ne l'a revu. On a juste vaguement appris qu'il avait fondé une famille en Espagne. En y repensant ce n'était sans doute pas si grave, mais il faut retranscrire dans l'époque, et puis il avait osé proposer à Marie, ma pure Marie, un produit illicite, une drogue… Pour moi c'était l'équivalent d'un crime !

Lorsque Jean se tait, un silence épais, glacé, se répand dans la petite maison. Espéranza est un peu pâle. Voilà qu'elle est la fille d'un dealer ! L'image de ce jeune homme qu'était son père, bouscule toutes ses certitudes. Il lui semble à la fois familier par certains côtés et un inconnu absolu par d'autres. Son mépris des lois, par exemple… Elle ne l'a vu que rire, plaisanter, être beau parleur c'est vrai, mais jamais elle n'aurait

pu imaginer qu'il pouvait être un malfrat ou elle ne sait trop quel mot employer pour le qualifier. La tête lui tourne. Et si toute sa vie il avait continué ses combines comme Jean appelle ça ? Peut-être qu'il était un passeur ? Après tout il pouvait transporter combien de cocaïne ou d'héroïne sur son bateau ? Il lui suffisait de dire qu'il partait pêcher et en quelques heures il était en France et pouvait écouler sa marchandise… C'est une facette de lui qu'elle ignorait. Le découvrir sous cet aspect est un choc auquel elle ne s'attendait pas. La dichotomie entre ses souvenirs et ceux du vieux marin, est d'une telle intensité qu'elle a dans un premier temps, dans un réflexe de défense, envie de tout nier en bloc. Il est impossible que son père ait pu agir ainsi ! Son père n'était pas un bandit !

Elle est livide. Peur, colère, déception, tant d'émotions la bousculent.

Elle croise le regard attristé de Jean, et soudain elle sait, elle sait qu'il n'a pas menti, mais décrit la simple réalité des faits.

Une nausée la terrasse. Pablo, inquiet, la pousse de sa grosse tête, et se love contre elle dans un soutien inconditionnel. Pour lui, peu importe de qui elle est la fille, elle est sa maitresse et le reste n'est rien. Yffic se penche vers elle, pose une main sur son genou, il a la même expression que le bulldog, ce qui la fait sourire, bien malgré elle.

— Tu sais p'tite, murmure Jean de sa grosse voix, les gens changent, évoluent. Personne ne reste figé ! Chacun d'entre nous a certainement fait des choses dont il n'est pas fier, mais on a essayé de ne pas répéter ces comportements. Ce sont aussi peut-être ces erreurs qui ont modifié notre façon d'être, qui nous ont permis de réfléchir, d'avancer. C'est ce qui a dû arriver à ton père. Tu sais, une mauvaise action ne définit pas une personne, ce serait simpliste de le croire !

Jean, attristé d'avoir apporté cet éclairage sur Louis, désolé de ne pas avoir pu lui amener de réponses plus joyeuses à ses questions, prend congé et referme sans bruit la porte derrière lui. Dehors le vent s'est calmé, un soleil timide bouscule néanmoins les nuages, faisant naître un arc en ciel au-dessus du port.

Restés seuls, Yffic et Espéranza se dévisagent, sans un mot. Elle est encore trop sous le choc, trop effarée par ces révélations, pour pouvoir dire quoi que ce soit ! Yffic se lève, rajoute une buche dans le feu qui se meurt, puis s'assoit à côté d'Espéranza. Il l'attire contre lui et ils restent là, blottis dans les bras l'un de l'autre à simplement respirer et regarder le feu renaître.

Au bout d'un temps incertain, elle murmure :

— Tu crois que Jean a raison ? Qu'ensuite il s'est amendé ? Qu'il a arrêté les trafics ?

— C'est difficile à savoir, mais il semble que vous n'aviez pas un grand train de vie lorsque tu étais petite, donc on peut imaginer que s'il avait traficoté il aurait ramené plus d'argent… Qu'en penses-tu ?

— J'aimais beaucoup mon père, c'était quelqu'un de chouette, alors je vais essayer de ne pas envisager la possibilité qu'il ait fait partie d'une pègre quelconque, et que tu as raison !

Yffic resserre sont bras autour d'elle, et remarque :

— Sans doute que cela lui a servi de leçon, comme l'a suggéré Jean et qu'il a été ensuite un peu moins bravache et fanfaron. Il a dû mesurer

la portée de ses actes, du moins vers où cela l'aurait entraîné sans l'intervention de Jean.

Elle secoue la tête, sans répondre, toute à ses pensées qui vont, viennent et se télescopent. Enfin elle dit à mi-voix :

— Oui sans doute a-t-il eu peur des menaces de Jean, mais plus encore, il a dû être terrassé par la honte. Il a certainement été accablé de regrets et a préféré ne jamais revenir dans ce lieu qui lui rappelait un comportement dont il n'était sans doute pas fier. C'était quelqu'un de bien, quoi qu'on puisse en penser. Il bossait dur et il s'est toujours bien occupé de moi et de mes frères et sœurs.

Une larme qu'elle ne parvient pas à retenir, coule sur sa joue étoilée d'une tâche pourpre et rose.

— Au moins, je sais ce qui s'est passé à présent…

Chapitre 21

"Si tu veux l'arc-en-ciel, tu dois supporter la pluie."
Dolly Parton

Quelques jours sont passés depuis les révélations en cascade, depuis la sortie de tous les squelettes de leurs placards. Yffic ne sait pas trop ce qu'il doit faire avec tout ça : doit-il en parler à Agnès et Laurent ? Après tout, c'est aussi leur histoire.

Il tergiverse, hésite, reporte à plus tard coup de fil et décision.

Il repense à ce que lui a dit Océane avant de partir arpenter la côte :

— Papa, ce qui compte ce n'est pas tout ce qui s'est passé, mais ce que tu vis maintenant.

Elle n'a pas tort ! Il éprouve une sorte d'apaisement de connaître enfin le passé, même s'il a du mal à ne pas penser à Mickaël comme étant son père, toutefois la vie c'est aujourd'hui, c'est maintenant, pas hier !

Quelque part aussi, il est soulagé de savoir, de ne plus être dans ce flou, dans cette incertitude de sentiments et de ressentis. Les secrets ont été révélés, il se sent finalement allégé d'un poids, du poids de tous ces non-dits qui pesaient sur ses

épaules et celles de tous ceux qui savaient et ne disaient rien.

Pour évacuer son trop plein d'émotions, pour accepter aussi toutes les conséquences de ces informations, il part en mer, souvent pour plusieurs jours. Il a un besoin crucial du vent et du balancement des flots, du silence et de la solitude pour se retrouver, réfléchir, accueillir et faire sien ces éclaircissements qui le bouleversent.

De son côté, Espéranza est un peu perdue : à présent qu'elle sait qui était son père, ce Louis Postec breton, que va-t-elle faire ? En effet, n'est-elle pas venue spécialement à Kerporzh pour ça ? Afin d'en apprendre plus sur lui ? Afin que les mystères rôdant autour de Louis soient enfin dévoilés ? Eh bien c'est fait ! Elle devrait en être soulagée quelle que soit l'histoire, pourtant la voilà à la fois amorphe et bougonne. Que veut-elle faire maintenant, elle l'ignore. Plus rien ne la retient ici, même pas son amie Marie, alors quoi, retourner en Espagne ? Aller à l'aventure et à la découverte d'autres contrées du monde ? Il doit exister tant de ciels à peindre, tant de couleurs à retranscrire. Elle est libre. Elle peut bien aller où son humeur et ses envies la portent, mais non, elle reste là, dans son canapé, Pablo ratatiné contre elle, à ruminer en fixant frileusement le feu.

Yffic s'absente de plus en plus souvent, ce qu'elle comprend : il a un besoin viscéral d'être seul, d'être seul sur l'océan, seul avec ses pensées et ses émotions qui ont été tant remuées. Elle ressent aussi ce besoin de se retrouver, étant elle-même introvertie, elle a cette nécessité absolue de solitude et de calme. Elle, seule avec ses pinceaux, ses couleurs et rien d'autre.

Cette distance, cette respiration entre eux, lui permet somme toute d'approfondir ses réflexions, de se poser les bonnes questions.

Un après-midi, elle saisit une feuille de papier, un stylo et se met en devoir de lister tout ce qu'elle aime, apprécie et qu'elle souhaite dans sa vie. C'est un exercice long, plus compliqué qu'elle ne le pensait ! Elle s'applique, rature, rajoute des détails, pose des questions à Pablo qui lui répond obligeamment par de sobres grognements, ravi de pouvoir être d'une aide appréciable.

Une fois terminé, elle relit à voix haute tout ce qu'elle a écrit. Puis elle pose la feuille d'une main un peu tremblante, un sourire hésitant, vacille sur son visage. Elle sent son cœur bondir en salto joyeux dans sa poitrine : son esprit est plus clair, elle sait maintenant ce qu'elle veut et par là, ce qu'elle doit faire.

D'un bond elle saute hors du canapé, saisit son téléphone et appelle l'agence immobilière qui s'occupe de la location de la maison.

— Bonjour, je vous appelle afin de savoir s'il y aurait une maison avec atelier, en vente dans le village ?

— Vous souhaitez investir chez nous ou c'est pour habiter ?

— Bah, en fait j'adore vivre ici, je ne me vois pas habiter ailleurs alors je me dis qu'autant acheter ma propre maison…

— Vous avez raison ! Hélas il y a fort peu de biens en vente, cependant je sais que les propriétaires du bien que vous louez actuellement, m'avaient demandé une estimation de la maison afin de peut-être réfléchir à la vendre. Voulez-vous que je leur demande s'ils souhaitent toujours vendre ?

Le cœur d'Espéranza s'emballe tout comme ses pensées, elle parvient à peine à balbutier :

— Ce serait absolument formidable !

Elle raccroche, se tourne vers Pablo qui a suivi toute la conversation :

— On va peut-être rester habiter chez-nous, tu te rends compte ?! Youhouuu !

Aussi heureux de cette nouvelle que sa maîtresse, le bulldog joint ses aboiements réjouis aux cris surexcités d'Espéranza.

Les jours s'enchaînent en farandole vive, tandis que la saison s'avance dans une illusion d'une pérennité tiède. Peu importe, l'hiver n'est pas encore là, même si les rayons de soleil se font plus obliques, que les journées raccourcissent déjà, se terminant dans des embrasements fauves, rouges ou roses, qui sont autant d'inspiration pour Espéranza.

Le vent fraîchit, toutefois il est encore possible pour la peintre de sortir, son carnet à la main, profitant des longues balades avec Pablo, afin de saisir la magnificence d'un soleil levant sur le port ou la mer d'Iroise, le vol vaporeux d'un immense albatros au-dessus de la rade, des voiles d'un vieux gréement qui passe au loin…

Elle essaie de ne pas penser à Yffic. Après tout il est libre, aussi libre que les crabes qui vont, viennent et courent en tous sens sur la grève. Entre eux, il y a ce je ne sais quoi de spécial qui, elle le sait, porte un nom : l'amour… En si peu de temps voilà qu'ils sont tombés amoureux comme deux collégiens ! Est-il nécessaire de plus qu'une

fraction de seconde, plus qu'un regard, afin de se reconnaître ? Elle ignore un peu les règles en la matière, tout ce qu'elle observe, ce sont ses propres réactions, ses propres émotions qui l'agitent, la bousculent, la secouent, pire qu'une bouteille d'Orangina de son enfance !

Pourtant malgré toute cette effervescence, tout ce pétillement fou qui la tient éveillée longtemps dans la nuit, elle reste sereine, acceptant l'absence du marin, comprenant ses besoins de silence, de réflexion solitaire, d'acceptation… En cela l'exemple de sa mère, femme libre, forte et néanmoins très amoureuse de Louis, son compagnon, lui est une leçon dont elle ne saisit que maintenant toute l'importance.

— *Quérida*, un couple n'est pas une prison, c'est pour ça que je refuse de me marier avec ton père ! Je veux rester libre et qu'il le reste aussi. Tu sais ma fille, dans un couple afin d'être pleinement heureux, on doit être aussi libre que si l'on était seul.

Aujourd'hui elle mesure enfin toute la portée de ces phrases, qui jusqu'à présent n'étaient que des bulles de savon emportées par le vent de l'incompréhension. Et puis Yffic, marin solitaire, est entré dans sa vie, lui permettant de réaliser l'importance de chacun des mots et des actes de sa mère. Yffic n'est pas un être qu'on enferme, elle ignore même comment il a pu tenir au sein de l'armée sous le joug d'ordres et de contraintes si éloignés de ce qu'il est : un homme libre, libre comme le vent, l'océan et les vagues. De même, elle est insaisissable, hirondelle fragile qu'il est impossible ou bien illusoire de vouloir mettre en cage. Elle est un elfe, un esprit du vent, un korrigan porté par ses seules envies et émotions. Entravée, enchaînée, elle se meurt, perd toute

201

créativité, oublie la splendeur des couleurs du monde, s'égare et s'affaiblit. Alors pour rien au monde elle ne veut enchaîner ou entraver son marin, pas plus qu'il ne doit espérer la modérer !

Elle observe les crabes, qui à marée basse, cavalent en tous sens, se rencontrent, se détournent, galopent vers on ne sait quel objectif impérieux.

— Tu vois Pablo, c'est Yffic et moi, qui courons partout… fait-elle au bulldog, en lui désignant un crabe solide et un autre plus petit, mais tout aussi véloce et déterminé.

Pablo plisse son crâne avec concentration, considérant ces bizarreries marines avec un peu plus de crainte et bien moins d'attendrissement : l'expérience fait qu'il sait que ces machins-là pincent les pattes des chiens ! Qu'Espéranza y trouve le moindre intérêt le dépasse totalement, néanmoins il tente de comprendre, sans grand succès.

Un matin, la porte s'ouvre sur la fraîcheur du vent ainsi que sur un marin revenu au port. Pablo, réveillé en sursaut, saute du canapé, puis reconnaissant le visiteur matinal, lui fait fête. Espéranza descend en hâte l'escalier, alertée par son fidèle gardien : Cerbère ne serait pas plus efficace !

Elle a la surprise de trouver Yffic, là, debout dans son salon, gratouillant un Pablo béat. Sans réfléchir elle dégringole les dernières marches, et se jette dans ses bras. Il n'a que le temps de se redresser et de la serrer contre lui, heureux de retrouver son corps chaud et menu. Pleurant,

riant, elle l'embrasse dans une folie joyeuse, exubérante, un bonheur vif, total qu'elle assume sans faux semblant. Jamais il n'a connu de telles retrouvailles ! Ému, il l'étreint à l'étouffer. Il sent le sel, les embruns et le large. Après tous ces jours d'absence, il craignait des reproches, voire de se faire vertement houspiller ! Il est stupéfait par la tendresse de l'accueil, aux antipodes des expériences qu'il a pu vivre jusque-là !

Enfin, Espéranza essuie ses joues pleines de larmes de joie, se reprend un instant.

— Tu veux un café ? J'en ai du tout chaud ! Assieds-toi ! Tu vas me raconter tes aventures, mais avant faut que je te dise un truc de fou : Pablo et moi allons être propriétaire !

Devant son air interloqué, elle le pousse sur une chaise, virevolte, sort tasses et sucre, attrape le broc de la cafetière et sert le liquide sombre et fumant.

— Eh bien oui : figure-toi que je vais acheter cette maison ! J'ai rendez-vous tout à l'heure à la banque, pour finaliser le projet. Tu te rends compte !?

Chapitre 22

*"Il n'est point de bonheur sans liberté, ni de
liberté sans courage."*
Périclès

En quelques semaines tout a été bouclé :
crédit, notaire, signature d'une foule de dossiers
qui donne le tournis à Espéranza. Voilà, ce matin
elle tient les clefs, ses clefs, précieusement dans
sa main : elle est chez-elle, elle a un chez-elle…

Elle qui a regimbé toute sa vie afin de se poser
dans un quelque part, chaque lieu lui
apparaissant en geôle prête à l'étouffer, voilà
qu'elle exulte d'avoir à présent un lieu bien à elle.
Elle en éprouve un soulagement qui se répercute
même sur son corps. Elle se sent soudain moins
crispée, ses mouvements se font plus fluides, ses
épaules la font moins souffrir : elle revit.

Yffic la contemple avec un léger sourire,
heureux pour elle, heureux qu'elle puisse jeter
l'ancre, enfin.

— Tu sais, lui avait-elle confié, un soir alors
qu'ils étaient douillettement lovés dans les bras
l'un de l'autre. Tu sais, la première fois où je suis
arrivée au village, c'était vraiment bizarre, je me
suis sentie immédiatement chez-moi, comme si je
revenais après une longue absence. C'était très

troublant. Eh voilà, je suis à présent réellement chez-moi, avait-elle ajouté d'un ton plein de gaité.

Avec l'achat de sa maison, une nuée de projets la saisit, qu'elle savait impossible à réaliser tant qu'elle n'était que de passage et simple locataire. Aujourd'hui tout est bien différent et un vaste champ de possibles s'ouvre devant elle. Elle fait des plans, réfléchit, suppute à des solutions, téléphone à maintes entreprises pour solliciter des devis, bref elle court, s'agite tel un feu follet ou un crabe sur la plage ! Elle veut agrandir le côté expo de l'atelier, qu'il soit aussi plus lumineux afin de mettre en valeur ses peintures. Il faut aussi repeindre en blanc les murs et le plafond, tout ça avant le printemps, si elle veut profiter de toute la saison touristique. Elle est surexcitée, aussi agitée qu'un diable de Tasmanie, ce qui fait plutôt rire Yffic.

De son côté il est dans une ambivalence dont il ne parvient pas à sortir. Il aimerait pouvoir trancher, décider, mais il ne parvient pas à savoir ce qu'il veut vraiment. Trop de tumulte l'habite, trop de déceptions et de peurs, aussi sans aucun doute, même s'il refuse de les voir. Quelque part il aurait aimé discuter avec Jean, mais ce dernier est reparti il y a déjà de longues semaines. Le soir même de son retour au port, après quelques jours en mer, alors qu'il était passé nourrir ses compagnons restés sur le bateau, il avait trouvé une enveloppe posée sur la table, dans le carré.

Étonné, il l'avait ouverte : à l'intérieur une lettre rédigée d'une écriture ferme, accompagnée d'un trousseau de clefs. Il fronce les sourcils, sans comprendre. Il déplie la lettre, songeant qu'il y trouverait bien quelques explications.

Mon cher Yffic,

Je prends l'avion ce soir pour Paris puis retour chez-moi. Ma famille me manque, le soleil et les rires de l'Afrique aussi. J'étais heureux d'avoir pu accompagner Marie, une dernière fois... Te parler m'a enfin apaisé. Tu sais la vérité. Tu en feras ce que tu veux, mais au moins tu sais. Te revoir, voir l'homme solide et droit que tu es devenu est une grande fierté.

J'espère qu'on se reverra...

Je t'aime

Jean

PS : les clefs sont celles de la maison de Marie. Il m'était impossible, vraiment, de la laisser partir avec des Parisiens ou je ne sais qui ! Pauvre Marie, elle en aurait été malade ! Je l'ai achetée, elle est à ton nom. C'est ta maison. Disons que je te dois bien ça, à toi ainsi qu'à ma belle Marie...

RePS : Tu as mon adresse : viens quand tu veux dans ta famille africaine, tu y seras toujours chez-toi.

Bouleversé, Yffic lit et relit le courrier. Sa main tremble. Les mots dansent devant ses yeux. Le trousseau de clefs lui paraît si lourd. D'un seul coup, il a une maison et une nouvelle famille, ce qu'il n'avait pas pleinement réalisé, ou du moins n'avait-il pas saisi toute l'ampleur de ce qu'apportait sa nouvelle filiation...

Il est bouleversé.

Que va-t-il bien pouvoir faire de la maison de sa mère ? Que va-t-il d'ailleurs faire de lui-même, tout court ?! Il est si déstabilisé depuis qu'il a remis un pied au village, qu'il reste là, indécis, à la

fois confus et hésitant, sans pouvoir envisager le moindre projet, la moindre envie. Il chancèle au bord de sa vie tandis qu'Espéranza a saisi la sienne. Elle voit bien qu'il est là, désorienté par toutes ces révélations : entre le décès de sa mère, la découverte de son nouveau père, celle de son sang germanique… Il y a de quoi en être effaré !

Elle l'entoure de toute la douceur dont elle est capable, sans pour autant vouloir l'étouffer. Elle essaie bien de le pousser un peu, lui demandant ce qu'il veut faire de la maison de Marie, de sa maison maintenant. Il se contente de hausser une épaule, allume une clope qu'il part fumer dehors. Il n'est pas retourné à la maison depuis qu'ils l'avaient vidée tous les deux. Elle se dit qu'il a certainement besoin d'un temps de pause afin de digérer tous ces chamboulements. Leur histoire, à tous les deux, est un bouleversement de plus, qui sans doute aucun, se rajoute à ses incertitudes. Elle s'en rend bien compte. Pour elle, c'est peut-être plus facile, grâce au simple fait qu'elle perçoive le monde au travers d'un filtre si coloré que tout lui est auréolé comme un arc-en-ciel !

Elle voudrait l'aider, toutefois elle ne veut pas être invasive. Il a déjà été assez secoué comme ça !

Elle ne peut qu'être là, à lui offrir la promesse d'une vie pleine de tendresse, de complicité, de compréhension et de rires. C'est une chance, à lui de la saisir. Elle refuse de l'influencer, ils ont et l'un et l'autre, passé l'âge des vaines promesses, des faux-semblants, des masques en tous genres et autres mensonges. Pour elle, tout est clair : elle l'aime. Elle le choisit, rien d'autre n'a la moindre importance.

Yffic se sent lourd, saturé de tristesse, de grisaille et de peine. La présence d'Espéranza est un havre de paix qui l'arrime à la vie, à ces possibles qu'elle propose, à ces demains qui s'entrouvrent devant leurs pas à tous les deux. Malgré ces promesses, il ne parvient pas à tendre la main et saisir ces bonheurs. Il reste là, sur le quai de sa désolation, plein d'un chagrin sur lequel il ne sait pas mettre de mots.

L'hiver s'est finalement installé, avec ses bouffées de tempêtes rageuses, ses journées mornes et frileuses, confites dans des uniformités de gris, de bruine froide, de vent à l'haleine glacé, chargé de pluie drue, gelée, qui n'appellent qu'à demeurer au coin du feu, en attendant le retour du soleil.

Tandis qu'Espéranza court à droite, à gauche, chez l'encadreur, après les artisans, peint des nuits entières avec une énergie semble-t-il inépuisable, Yffic ne sait que faire de lui-même. Il est là, tournant en rond comme un lion en cage, encombré par sa propre personne, encombré par tous ces mots qui virevoltent en autant d'émotions. Le « Mickaël » attend lui-aussi le retour du beau temps, trépignant et tirant sur ses amarres tel un cheval confiné en stalle. Parfois, profitant d'une journée où l'hiver se fait moins présent, moins oppressant, où la mer se souvient du calme de l'été, Yffic largue les amarres et part pour quelques heures de solitude. En mer, sa peine se dilue dans les embruns, cette tristesse qu'il traîne depuis des mois, s'atténue, absorbée par le balancement du voilier, par les cris des goélands, par la chanson des haubans, par le flux de la houle et celui de l'écume.

À terre il s'étiole, s'amoindrit et déprime. Son milieu, c'est l'océan. Il est un animal du grand

large, tel un albatros, ce fier voilier des mers. Il a posé son sac depuis peut-être trop longtemps, du moins c'est ce que pense Océane, lorsqu'il vient la voir à Brest, traversant la rade avec le « Mickaël ». Elle ne lui dit cependant rien de ses impressions, gardant ses réflexions pour elle. Il est bien assez grand, lui semble-t-il, pour prendre ses propres décisions ! Elle a aussi bien conscience, que son attachement pour Espéranza est à la fois un bonheur inattendu, inespéré et pourtant, cet amour neuf, tout doux qu'il ne veut pas brusquer, lui est aussi une chaîne. Malgré lui, malgré Espéranza qui fait tout ce qu'elle peut pour le laisser être lui-même, libre. Océane le voit morose, tendu, inquiet tel un chien à l'attache. Elle ne sait que dire, que faire, se désolant de ne pouvoir alléger ce chagrin qui le taraude. Alors elle l'entoure, le chouchoute avec des « mon petit papa » qui le font sourire, et espère que le temps va peu à peu diluer ses pensées noires et saumâtres.

Chapitre 23

"Le bonheur est comme un frêle voilier en pleine mer : il suffit d'un orage pour le détruire."
Léna Allen-Shore

Un pâle rayon de soleil vient effleurer le visage d'Espéranza, chatouillant ses paupières encore closes. Elle soupire, s'étire, se réveille à demi. Dans un geste tendre, d'habitude à présent bien ancrée, elle tend la main vers le côté où dort Yffic. Rien. La surprise la réveille tout à fait. Elle l'a pourtant entendu ronfler !? Elle se redresse, le lit est vide, elle est seule. Dans son panier confortable, Pablo ronfle avec une joie tonitruante.

Elle hausse une épaule : voilà maintenant qu'elle confond leurs ronflements à tous les deux !

Elle attrape un gilet en laine, se couvre hâtivement, frissonne dans la fraîcheur hivernale. Encore un brin endormie, elle descend dans la cuisine, imaginant déjà Yffic préparant le café, ravivant le feu, sortant le beurre salé et les confitures, pour leur petit déjeuner.

La salle est vide. Obscure et glacée. Le feu est mort depuis longtemps et la cafetière est froide. Rien sur la table, ni pain, ni beurre et encore moins de marin dans la pièce. Un frisson d'appréhension la percute telle une décharge

211

électrique. Elle tremble, moins du froid qui remonte depuis ses pieds nus que de la certitude qui l'étreint.

Yffic est parti.

Elle le sait. L'évidence la saisit, l'étouffe.

Elle court à l'étage, fouille, constate qu'il a ramassé ses quelques affaires. Son cœur bat si fort qu'elle croit qu'elle va se sentir mal. Elle doit s'asseoir sur le lit en désordre pour refouler le malaise, repousser les pensées qui la dévastent.

Elle s'habille en tremblant, puis dévale à nouveau l'escalier, saute dans ses bottes, claque la porte derrière elle et galope dans les ruelles au risque de glisser sur les pavés mouillés. Elle parvient au port, le visage et les cheveux trempés, fonce sur le ponton, en vain. Là où devrait se tenir le « Mickaël » il n'y a que le vide, un néant à peine animé par un infime clapot qui lèche mollement les piliers du ponton.

Yffic est parti…

Son cœur cogne, elle va mourir là, sous cette pluie glacée, qui glisse dans son cou et goutte en larmes froides sur son visage. Elle tremble, transie, accablée d'émotions.

Yffic est parti !

Yffic est parti, sans même prendre la peine de le lui dire !

La voilà partagée entre un chagrin qui l'anéantit et une colère sourde qui monte peu à peu. Soudain, elle aperçoit un sachet en plastique attaché à l'anneau où est d'ordinaire amarré le voilier. Elle se penche. À l'intérieur un papier plié en deux sur lequel elle déchiffre son nom. Son cœur s'affole. Elle déchire le sac, saisit fébrilement la lettre, puisque c'en est une.

Espéranza,

Ma douce, ma belle, mon tendre espoir...

Je suis parti avec l'aube, comme un voleur, ne m'en veut pas ! Je t'en prie.

Je t'aime cela est une certitude, un fait absolu, rien ne pourra changer ça. Pourtant je pars. En ce moment, je suis plein de désarrois, de peine aussi, je ne peux que t'apporter des ombres, à toi qui est la lumière, le soleil.

Et puis j'ai besoin du large, pour réfléchir, pour évacuer tout ce qui s'est passé.

Alors ce matin avec le « Mickaël », je vais prendre la mer, et partir droit vers l'Afrique. Je vais aller à la rencontre de cette famille inconnue. J'en ai besoin. Je dois les voir, les découvrir et savoir qui ils sont. J'y pense depuis des semaines.

Ensuite je ne sais pas...

Tout ce que je sais, c'est qu'aujourd'hui je pars.

Pardonne-moi pour cette peine que je te fais.

Je ne peux te promettre que je reviendrai, je ne peux que te dire que je t'aime de toute mon âme,

Grâce à toi je suis libre, libre de partir, libre de revenir,

Je t'aime

Yffic

Seule sur son bout de ponton, lavé par le ressac, Espéranza se met à trembler, la lettre avec ses mots poignards, crispée entre ses doigts tachés de peinture. Elle grelotte. Ses dents claquent. Elle se laisse tomber plutôt qu'elle ne s'assoit, sur les planches humides.

Yffic est parti… Voilà.

Elle reste là, hébétée, un temps infini, où ses émotions et ses pensées s'entrechoquent, se télescopent, la laissant brisée. C'est une brusque bourrasque de pluie qui la sort, presque en sursaut de son état de sidération. Elle se lève d'un bond, glisse précieusement la lettre dans une poche de son blouson, puis file jusqu'au bout de la jetée. De là, le regard porte au loin, loin du port, de la baie, et s'envole vers le large, vers l'océan et le reste du monde.

Le vent, la pluie, balaye son visage sans qu'elle y prête la moindre attention : elle imagine le « Mickaël » voguant vers l'Afrique, en cet instant c'est une pensée qui la réjouit. Un faible sourire tremblote sur ses lèvres, s'étire dans son regard noyé de pleurs.

Yffic est parti, oui, mais il est libre.

Il est parti comme il est venu, libre comme le vent qui passe.

Épilogue

Un soleil doux, chaud, annonce déjà l'été à venir. Le ciel d'un bleu intense, uniforme, presque méditerranéen, semble propice à l'inspiration. Posé sur un rocher gris cendre, à l'extrémité de la pointe qui ferme la baie du village, se tient un chevalet en bois. Derrière, une mince silhouette, palette dans une main, pinceau dans l'autre, s'efforce de capturer les tonalités des bleus du ciel et de la mer, du gris des roches et des oiseaux, des verts doux de la végétation rase de la lande ainsi qu'un minuscule point sur l'océan étale : un bateau de pêche suivi par un vol de mouettes.

Une brise légère a dénoué sa queue de cheval, d'où s'échappent à présent quelques mèches dorées, reflets du soleil presque estival. Prise par sa peinture, elle ne s'en aperçoit même pas ! D'un geste machinal elle rejette ses cheveux en arrière, répandant du même coup, une longue trace de peinture turquoise sur sa joue. Soudain, son cœur s'affole, se met à battre avec une fébrilité oubliée, la prenant une seconde au dépourvu ; puis elle aperçoit, au loin là-bas, se dirigeant vers la baie, un voilier racé comme un coursier, glisser sur les vagues. Ses grandes voiles autrefois rouges, à présent plutôt ocre, délavées par le vent et la mer, le ramènent au port. Un homme se tient debout à la barre et bien visible sur la coque, s'étale en lettres noires le nom du bateau : le « Jean-Mickaël ».

À chaque battement de son cœur, un sourire s'élargit sur le visage de la peintre tandis que son regard sombre pétille d'un bonheur retrouvé. Soudain, un solide goéland la survole, criant de joie au-dessus de sa tête. Elle lui répond par un rire, tandis que le chien dodu qui dormait sereinement dans une touffe de bruyère, se réveille en sursaut, sautille et aboie avec entrain.

Elle laisse tomber palette et pinceau, abandonne chevalet et peinture, et sans plus réfléchir, suit son cœur qui la précède déjà, courant entre les cailloux, dans la sente qui serpente jusqu'au village.

Elle va retrouver son espoir, son amour, son demain.

Sur la toile laissée en plan, le ciel est azuréen, la mer intense et, filant au travers de gerbes d'écumes, ce n'est pas un de bateau de pêche, mais un voilier aux voiles rouge qui rentre chez lui…

Finistère
Février 2024

Notes

En revenant en France, en fin d'année 2020, puisque durant bien des années j'ai habité loin de la France, Gregor (mon fidèle compagnon canin) et moi-même, sommes arrivés en Bretagne, plus précisément dans le Finistère et encore plus exactement dans le petit village portuaire de Camaret Sur Mer. Ce bout du monde, érigé entre falaises et océan, m'a envoûté. Tout naturellement, il m'a été l'inspiration pour le décor d'une histoire de marin… et de secrets !

Remerciements

Tant de personnes me soutiennent, sont-là fidèles, attentionnées, que je pourrai rédiger une liste de remerciements aussi longue qu'un roman ! Je vais donc essayer de faire court, ou du moins aussi court que possible !

Déjà merci à mon Gregor, indéfectible soutien d'amour, qui m'accompagne où que j'aille, quoi que je fasse.

Merci à mon amoureux qui m'a poussé avec tant de douceur et de confiance à retrouver le chemin de l'écriture. M'installant même une table sous mon châtaignier afin que je puisse écrire avec tout le calme nécessaire. Merci pour toute ta compréhension, ton amour, ton humour : sans toi mon monde ne serait pas aussi plein, aussi beau, aussi magique… Merci d'exister dans ma vie !

Merci à mon Toto qui est là pour me secouer, toujours présent pour des brainstormings et des crises de fous rires…

Merci à ma mère inlassablement fidèle au poste d'une grammaire irréprochable, en soutien aussi précieux que mon Gregor, quoique moins baveux ;)

Merci aux copines auteures qui malgré la distance et les tempêtes qui ont secouées ces dernières années, sont là, aussi indéfectibles que Gregor. Les filles je vous aime ♥ love ♥

Merci spécial à Jeanne et Isabel l'une pour son œil aiguisée de correctrice, sans qui texte et mise en page seraient bien chaotiques, l'autre pour son talent époustouflant de graphiste qui offre un écrin à mes histoires : MERCI !

Merci géant à Aliénor, pour tous nos cafés-papote, nos partages et ton écoute : sans toi ces dernières années n'auraient pas été les mêmes…

Merci à Daniel Colle, cow-boy, dessinateur et marin tout à la fois, pour le splendide dessin de voilier et surtout pour ton amitié.

Merci à Mathilde et Sophie, les instits' bilingues pour leur aide au niveau de la langue bretonne : sans vous j'aurai été bien perdu !

Merci à toi lecteur, d'être là, fidèle au poste, prêt à me suivre dans une énième histoire, une énième aventure ! J'espère que tu auras aimé ce voyage en Bretagne.

Il est temps de clore ce livre, que je parte à la rencontre de nouveaux personnages, mais auparavant, un mot encore :

Comme vous le savez (ou pas !) vous pouvez retrouver tous mes écrits sur mon site auteure :

www.isabelle-morot-sir.com

Et puis n'hésitez pas à mettre des commentaires sur diverses plateformes en ligne (Babelio, Amazon, etc.) en effet, les commentaires sont fondamentaux pour la visibilité d'un livre et son auteur.

Vous avez aimé un livre ? Alors soutenez-le !

Merci d'avance ☺

Isabelle

Isabelle Morot-Sir
isabellemorotsir@gmail.com
Fonts : arial, Belilya Signnature, Monotype Sorts, Brush Script MT
Illustrations intérieures : Canva
Couverture : Isabel Komorebi
ISBN : 978-2-9593890-0-9
Dépôt Légal : juin 2024
Imprimé à la demande via KDP